最後のページをめくるまで

水生大海

双葉文庫

目次

01

使い勝手のいい女

「使い勝手のいい女」と、言われたことがある。

使い勝手のいい包丁とは、よく切れて手入れが楽なものだろう。使い勝手のいい店とは、近くて品揃えのよいところだろう。

——だったら、わたしは?

そう考えながら、一ヵ月ぶりに包丁を研ぐ。ずいぶんなまくらになってしまった。フル出勤が続いて忙しかったのだ。

浸けおいて水を含ませた砥石に、十五度ほど傾けて刃を滑らせる。子供のころから親のすることを真似てきた。料理も好きだし慣れたものだ。シャク、シャク。石の上、刃のこすれる音が鳴る。やがてドロドロした黒い研ぎ汁が出るが、捨ててはいけない。それをまとわせてなお押し引きを繰り返すと、だんだん刃が鋭くなっていく。

今日は遅番、このあと昼から夜九時までの勤務だ。年中無休を謳うホームセンターは主婦のアルバイトが多く、年の瀬は勤務シフト表が埋まらない。わたしは独身で、学生でもないので時間の自由がきく。当然のようにきついシフトに組み込まれ、急な交代要員にもされる。今日も、遅番からの切り上げ出勤を求められていた。早番への交代ではなく、朝から店を閉めるまでの仕事だ。午前中は用があると断ると、店長は眉をひそめた。映画鑑賞が好きだという彼はこの時期、趣味の時間が侵食されてストレスが溜まっているそうだが、「独身で恋人もいないなら働けってことだよ」とニヤニヤ笑って同意を求めてくるような人だ。

けれどその原因を作ったのはわたし自身だ。数ヵ月前の盆休みの時期、勤めていた会社が倒産してアルバイトをはじめたばかりだったので、気に入られたくて無茶なシフトを笑顔で受けた。しばらくして、学生アルバイトの子が教えてくれた。店の裏にある喫煙所で、店長ほか数名の男性が噂をしていたと。店長はわたしを「使い勝手のいい女の子」と評し、誰かが「二十八歳にもなって、女の子、はどうか」と応じ、「女、で充分だな」と猥雑に笑っていたらしい。「長尾さん、舐められないように自衛したほうがいいですよ」とアドバイスをくれた学生くんは、十二月の前に抜け目なく辞めた。

他に仕事のアテはなく、子供が熱を出してと拝まれると断るのも申し訳なく、つい出勤してしまう。ことを荒立てるよりやり過ごすほうを選ぶわたしは、今も、使い勝手のいい女のままだろう。店長も無駄にかまってくる。

シャク、シャク。やりきれなさが研ぎ汁のようにざらついて、黒く、湧く。包丁を押さえる指につい力が籠った。砥石に対する角度が変わるので、本来、指は添えるだけでいい。わたしは刃先を確認して、ため息をついた。もう一度全体を研ぎ直さないと。

いいように使われるのが嫌で午前中は用があると店長に答えたが、ただ荷物が届くだけだ。店長が見抜いたとおり、デートだって五年もしていない。

チャイムが鳴った。

「ご苦労さまです」

待っていた荷物だと思って、反射的に扉を開けてしまった。わたしが住んでいるのは鉄筋造りの古いアパートで、エントランスにオートロック機能はなく、扉の前に直接来客が立つ。インターフォンは調子が悪いまま。

押し開けた扉が、すぐに向こう側から強く引かれた。慌てて閉めようとするも、隙間(すきま)に鞄(かばん)が差し込まれる。

声も出ない。

「待て。待てよ、葉月(はづき)。オレだよオレ。智哉(ともや)」

その言葉で一瞬力が抜けたのは、身の危険ではなかったという単純な安堵(あんど)だけど、落ち着いて考えれば気を許してはいけない相手だった。

津原智哉。大学時代の同級生で、かつての恋人。

案の定、智哉はするりと玄関に入り、一歩踏み出すと同時に靴を脱いでいた。うちは1Kで、玄関を入ると真正面が壁だ。壁向こうはトイレ。玄関、トイレ、洗面所とそこからつながるバスルーム、と順に並んで、キッチンに接している。玄関前の壁を背に立っていたわたしを避け、智哉は素早く、キッチンに進んだ。別れてから一度も部屋に来ていないのに、彼は間取りを覚えている。

「なんか作ってた？　オレ、腹が減っててさあ」

智哉はそのまま流し台へと向かう。

「はあ？　いきなりやってきて、腹が減った？」

「だって包丁研いでるじゃん。葉月は昔からちゃんと料理してたもんな。変わらないなあ」

彼の視線が、ガスコンロから流し台、冷蔵庫、振り向いてそれらの背後にある調理台と食卓を兼ねた小さなテーブルにまで目まぐるしく移る。

お腹がすいているという割には冷蔵庫を開けもせず、智哉は流し台の包丁を手にした。

「これなに？　細くて長いの。日本刀みたい。すげー、人も斬れそう」

智哉が包丁を振るってポーズをとる。モデルや俳優なみに顔立ちの整った彼は、さまになると自分でも思っているのだろう。そっちこそ変わらない、と呆れた。

「柳刃包丁。刺身用。武士っていうより、それじゃせいぜい強盗。危ないからやめて」

流し台に、万能に使える三徳、菜切、柳刃の包丁を置いていた。柳刃は刃の幅が薄くて長いという特徴があり、わたしの持っているものでも三徳より十センチ近く長いが、いわゆる短刀とは違う。

「刺身があるの？　いいねえ。そういや卒業前の正月に食わせてくれたよな。でかい魚、鰤（ぶり）だっけ。切り分けて、刺身に鰤しゃぶ、カマ焼きとかにしてくれてさ」

六年前、正月の帰省をしなかったわたしに、実家から立派な寒鰤が丸ごと送られてきた。実家は漁港の近くにあり、出世魚の鰤はお祝い事に欠かせない。お節料理にも照り焼きを入れる。年末に捌（さば）くのは父親の仕事だが、わたしも教わったことがある。今、智哉が持っている柳刃は最後の工程で使う。刃の元から切っ先までいっぱいに使って切ると組織を潰さずにすみ、刺身の角が立って美味しさが違う。決して面白がって振り回すものじゃ――

「い、痛（い）てっ。なんだこれ、触っただけなのに切れたぞ」

智哉が包丁を取り落とした。せっかく研いだのに刃がこぼれたらどうする。また研ぎ直せとでも？

「刃物なんだから当然。どいて。扱いなれない人が持つものじゃない」

わたしは智哉をお尻で押しのけるようにして流し台に立った。すべての包丁を、流しの扉の裏の包丁立てにしまう。

「なんの用？　わたし仕事に行くんだけど」

智哉こそ仕事はどうしたんだろう。昨日、官公庁をはじめ多くの企業が仕事納めを迎えたけれど、銀行勤めの彼は大晦日の前日、明日までのはずだ。

と、疑問は浮かんだが訊かなかった。話が長引いてしまう。

「そんなこと言わないで思い出話でもしようよ。ホント、あの鰤しゃぶは旨かったなあ。就職先が決まったゼミの連中が、バイトで稼ごうって決めてみんな実家に帰らなかったじゃん。でも正月気分を味わえて、葉月が天使に見えたね。あ、絆創膏(ばんそうこう)ある？」

智哉は指を舐めつつ冷蔵庫を開け、温めて食べるべくラップをかけておいたシチューボウルを電子レンジに入れて、奥の部屋へと歩いていった。奥といっても、テレビとテレビ台代わりのチェスト、ベッド、ローテーブル、そんなどこにでもあるひとり暮らしの一室だ。智哉がチェストの引き出しを勝手に開けていくので、急いで追いかけ、クローゼットの中から救急セットを出した。

「これ、プレゼント」

智哉が、鞄と一緒に下げていた白いビニール袋からポインセチアを渡してくる。両手ほどの大きさで、赤い葉が鮮やかだ。

「花屋でふと目に留まって、葉月のことを思いだしたんだ。葉っぱが美しい花、似合いそうだなって」

「クリスマス明けにポインセチア？　安売りされてただけじゃないの？」

「ひどいこと言うなあ。ポインセチアに罪はないぞ」

懐っこい笑顔を、智哉は浮かべる。笑顔の真ん中には、二重の大きな目。目尻には優しげな皺が浮かぶ。キミのことを今も想っていると、そう語りかけてくるような――

電子レンジの終了の音が鳴り、我に返った。

危ない危ない。騙されちゃいけない。智哉の毎度の手だった。

「取ってきて」

「どうしてわたしが」

睨んでいると智哉が向かい、スプーンも手にして戻ってきた。持ち重りのするシチューボウルをローテーブルにどかりと置いて座る。

「うまーい。やっぱ葉月のメシは最高だ」

「用がないなら帰って。忘れたの？　あなたはさっき思いだしてた正月の集まりで、わたしの友人に手を出したんだよ。一年近く騙されてたけど、その日が最初だよね」

「誤解だよ。オレは加奈を介抱してただけ。まさか魚を見てぶっ倒れるなんて思わないじゃない」

智哉とつきあっていたのは、大学四年から卒業後の年の瀬まで。見栄えのする彼が自慢だったけどその分誘惑も多いのか、ちょいちょいと浮気をされ、毎回笑顔でごまかされた。最後の浮気が本気になったのか、加奈が諦(あきら)めなかったせいか、わたしは恋人と友人を同時に失った。

「加奈はどうしてるの」

「いまだに魚は切ってあるものしか食べない。子供のころ、じいちゃんに連れてってもらった料亭の話、覚えてる？　怖いから鯛(たい)の頭を飾りの松葉で隠してもらってたけど、ズレた拍子に目が合って以来、尾頭付きはトラウマなのぉ、っていう」

覚えている。わたしが鰤を捌くようすを見た加奈がパニックを起こすまで、その話は冗談だと思っていた。お嬢さん育ちが、吹いているだけだと。けれどそんなものじゃなかった。智哉は、ぶっ倒れた、なんて軽い言い方をしたが、魚と目が合ったと悲鳴を上げて部屋中走り回るわ、目についたものを次々に投げるわ。そのあと加奈は気絶して、部屋はめちゃくちゃ。あまりの騒ぎに隣の部屋の人までやってきた。

「加奈をほっといてなにしてるのって訊いたの。シチュー食べに来たわけじゃないよね」

「あー、おいしかった。ぺろりと食った。心に沁みる味だよ。ごちそうさま」

「質問に答えて」

「別れた」

「……は？」

「だから葉月に会いにきたんだ。葉月を忘れられなかった。他に理由なんてないよ」

智哉が柔らかく目を細めて、わたしの顔を見つめてくる。……別れた？　本当に？

「水が欲しいなあ。舌、焼いちゃった」

視線を浴びたままでいるとおかしくなりそうで、わたしはキッチンへと立った。荒く水音を立て、それを眺める。水。わたしも水が欲しい。

自分も一口飲んでから、コップを持って戻ると、智哉が不自然に背を伸ばした。

「智哉？」

「ありがとう。急に来て悪かった。仕事なんだよな？　今度ゆっくり会おう。奢るから」

智哉は持ってきた鞄を手に、腰を半分浮かせている。

どこか変、と素早くあたりを見回すと、ベッドの脇に立てかけていたわたしの鞄が横倒しになっている。

わたしは智哉を押した。バランスを崩した彼が、それでも自分の鞄を離さず、そのまま膝をつく。

その隙に智哉の鞄を奪った。上下をひっくり返したと同時に取り戻されたけれど、転がりでたのはわたしの財布だ。キャッシュカードも入っている。智哉が入行したときに頼まれて作った口座で……。しまった。暗証番号を変えていない。智哉も知っている番号だ。

「どういうこと?」

「いや、あの、ちょっと借りたいなぁと」

「借りる? 銀行員の智哉が、しがないホームセンターのバイトのわたしから?」

「ホームセンターってなに? 葉月が就職したの、メーカー系の会社じゃなかったっけ」

「倒産した」

「えー? まじー? それは大変だったね。で、どこのホームセンターに勤めてるの」

智哉がおおげさに驚く。

「ごまかさないで。うちに来たの、まじ強盗目的だったわけ?」

「……金、要るんだ。やばいんだ」

「わたしだって要るよ。バイトだから給料安いし、生活もギリギリ。人に貸す余裕なんてない。お金なら加奈に言えば。加奈ならたっぷり持ってるでしょ」

「別れたんだってば。頼れるのは葉月だけなんだよ。なあ、葉月。……葉月」

智哉が腕を引いてくる。抱きしめられた。

「やめて、智哉。離して」

唇を重ねられた。舌が搦めとられ、指が首元から背中へと這っていく。自慢の笑顔が効かなければ、こんな風に浮気をうやむやにされたときもあったのだ。本当に好きなのは葉月だけだよと囁きながら。

鼻の奥から、甘酸っぱいものがこみ上げた。記憶が蘇る。わたしはこのあとの展開を知っている。智哉を許してしまう。

ダメだ。ここで止めなくては。加奈と別れていたとしても、智哉はまた同じことを繰り返す。もう懲りたはずだ。……彼がさっき包丁を手にしていたのは。引き出しを探っていたのは。わたしを部屋から遠ざけたのは。

シャク、シャク。黒い研ぎ汁が、心の中に湧いてくる。

使い勝手のいい女。智哉もまた、そう思っているってこと。

わたしは右手をいっぱいに伸ばした。ローテーブルの上、硬いものが手に当たる。指先がぬるっとした。シチューボウルだ。

それを握り、智哉へと振り下ろした。


遅番の勤務は昼から夜九時までなので、多少だが休憩時間がある。その短い時間、ホームセンターの制服のジャンパーを脱いで、わたしは買い物をした。

「長尾さん、これって出刃包丁？　なにに使うの？」

レジにいたのは、店長だった。

「……もちろん、魚を捌くのに使うんですよ。手持ちのものが錆びてしまったので」

「そんなことできるの？　すごいなあ。僕の母でさえ、スーパーでやってもらうよ」

店長は三十代後半ぐらいだから、母親は六十前後だろう。周囲の主婦アルバイトの人を見る限り、都会で暮らしていればそういうものかもしれない。

「実家、漁港が近いので。普通です」

わたしは急いで制服の置いてある事務所に戻ろうとしたが、レジの交代要員が休憩終わりましたとやってきて、店長はレジから出てくる。

「お正月の初競りのニュースで、お寿司屋さんが鮪を競り落としたりするよね。ああいうのも捌けるの？」

「鮪ですか？　大きすぎます」

「やり方が違うの？」

「基本は同じです」

買った出刃包丁をエコバッグにしまう。会話を終わらせようと背を向けて歩きだすが、店長もついてくる。

「どういう風に捌くものなの？」

「どうって……、頭を落として内臓を取り除いて三枚におろすだけです」

「三枚におろす？　どういうこと」

「骨と身の間に包丁を入れて切り離すんです。身、骨、身、の三枚という意味です」

「その身の部分がお刺身になるってこと？」

「間にもう少し処理が要りますが」

なんなんだ今日は。刺身刺身とうっとうしい。

「人間も捌けるのかな」

「え？」

店長の言葉に、思わず振り向いてしまった。

「やだな。真顔にならないで。そういうホラー映画をふと思いだして」

事務所の手前、アクアリウムコーナーに店長がちらりと目をやっている。趣味の映画とは、ホラーなのだろうか。

「捌いたことがないからわかりません」

「もちろん冗談だよー」

「ホラー映画は嫌いです」

わたしは足を速めた。

棚の片づけと翌日の品出しが長引いて、部屋に戻ったときには十一時になっていた。

明日は早番だが、今日中に始末しなくては。

買ってきたばかりの出刃包丁を取りだす。研ぎ直す必要はなさそうだが、刃が鈍ったときのために、バットに水を張って砥石を浸けておく。

洗面所へ入り、タイツを脱いだ。バスルームの折れ戸を開けて入りかけ、準備が足りなかったことに気づいてキッチンに戻る。届いた荷物にあったクッション代わりの新聞を取りだして皺を伸ばす。ついでにと荷物の段ボール箱をたたみ、溜めておいたビニール袋もあるだけ、新聞とともに持って入る。袋の一枚から、土がこぼれた。智哉がポインセチアを持ってきたときのものだろう。思わず舌打ちが出る。

さてと、と袖をまくる。

チャイムが鳴った。

無視しようかと思った。時間も時間だし、居留守を使ってもいいだろう。

しかし二度三度と、チャイムはしつこく鳴っている。

うちのキッチンは外廊下に面していて、窓がある。灯りがついたのを見て訪ねてきたのかもしれない。近所の人だろうか。

チャイムは止まらない。これ以上鳴っていては、なにかとうるさい隣の部屋から文句がくる。わたしは仕方なく、バスルームを出た。

ドアスコープの向こうは女性だった。手に持ったスマートフォンを見ているようで、うつむいた前髪に隠れて顔がわからない。白いコートは品が良さそうだったので、おかしな人ではないだろうと玄関の扉を開ける。今回は、補助鍵のU字ロックを忘れずにかけて。

「久しぶりー！　元気だった？」

隙間から笑顔で覗いてきたのは、加奈だった。大学時代の友人、智哉を奪った相手。

とっさに扉を閉めた。

「待ってよ待って。閉めないでよ」

向こう側のノブを持たれているようだ。押し引きの攻防がはじまる。

「なんの用よ、いったい」

「玄関先で話すことじゃないの。開ーけーてー！　入ーれーてー！」

加奈の声は大きく、廊下に響いた。

ああもう、まったく。

「……いったん閉めなきゃ開けられないでしょ」

「すぐよ。必ずね」

扉を閉じてからU字ロックを外すと、加奈は強引なほど力任せに扉を開けてくる。

「寒かったあ。凍えちゃう」

「ちょ、待ってよ。勝手に入らないで」

加奈は小柄なほうだ。遮るわたしの腕の下を潜り抜け、遠慮のかけらもなくキッチンへと入ってきた。と、見る間に奥の部屋とを仕切っているガラス戸まで開けて、ずんずんと進む。呆れて追いかけた。

「なんで暖房ついてないの？　リモコンはどこ？」

「節約中。このぐらい寒くない。四階建ての三階だから熱は逃げないし」

「だからって、裸足？　すごすぎ。ああ、あったあった」

テレビの置いてあるチェストの上から、加奈はリモコンを見つけ、暖房スイッチを押して、さらに設定温度まで上げた。

「ちょっと。そんなに暖かくされると困る」

「なにが困るの？　電気代、千円もしないよね。お金なら出す。ホント寒いんだって。身体冷えちゃってさー、温かいお茶淹れてくれない？　コーヒー、紅茶、なんでもいい」

冷えたと言いながらも、加奈はコートのボタンを外す。居座るつもりなのか。冗談じゃない。

その格好のまま、温風の当たる場所を求めてか、加奈はうろうろと歩き回る。

「痛っ！」

ぴょんと、加奈が左足を上げた。

「痛ったあ――。なにこれ。お皿？」

加奈が白いなにかを手に取った。

陶器のかけら。智哉を殴った、シチューボウルのかけらだ。

「……血？」

手元を眺めて加奈がつぶやく。白いかけらの先には、錆色。

まさか智哉の血？

「あー、やっぱり。やだぁ、切っちゃったんだ」

加奈は右足で立って、左足の裏を見ている。眉間に皺が寄っていた。加奈が切った血だった。

「ごめん、食器を割ったんだ。掃除したつもりだったんだけど残ってたみたい」

「危ないなあ、もう。消毒薬はどこ？」

チェストの上に出したままの救急セットを見もせず、加奈はどんどん引き出しを開けていく。

「よして。救急セットはチェストの上にある。さっき取ったリモコンのそば！」

「やーだ、気づかなかった。そうね、救急セットだもん。外に出しておくのが正解かも」

しまい忘れてただけだけど。なんなんだ、ふたりして突然やってきて勝手に怪我をして勝手に引き出しを開けて。まさか加奈まで、お金を借りにきたとか？

加奈の家は田園調布で、門扉の向こうに大きな庭まであり、軽井沢にも別荘を持っているほどのお金持ちだ。祖父がやっている宝飾店に、加奈は就職した。銀座かどこかの店を任されているはずだ。今も加奈はハイブランドの鞄を持ち、カシミアらしきコートを着ている。ホームセンターのアルバイト、いや、卒業時に就職した会社の社員だと思ったままにしても、そんなわたしに無心はしないだろう。

「ねえ、新品のタイツ、持ってない？ お金は払うから」

足の怪我をたしかめながら、加奈がそう言った。コンビニに行く気はないようだ。

加奈は新しいタイツを穿いて、わたしが仕方なく出したお茶を飲み、ひとごこちついたとばかりに息を吐いた。コートは自分でハンガーにかけて壁のフックに吊るしてある。

「用件は？ もう遅いよ」

そう言うと、加奈は、うん、と声を沈ませる。

「智哉、来なかった？」

わたしはつい、視線を外した。智哉が持ってきたポインセチアが目に入る。赤い葉の色に動揺する。バレてはいけない。話だって長くなる。

「来たの？」

「う、ううん、来てない」

「智哉がいなくなったの。捜してるんだ」

含みのある目で、加奈がわたしを見た。

「どういう意味？　わたし、五年前から智哉とはきっぱり切れてる。っていうか、加奈が取ってったんだよ？」

「……恨んでるの？」

加奈の声が震えている。やっぱり加奈とは別れてないじゃないか、智哉め。

「ぜ、全然！　あー、いやいや、たしかにその直後は、もやもやはしたけど、今はもうすっきり。別れてほっとした」

「ホントに？」

「ほんとほんと。だって智哉って、浮気癖があるじゃない。嫉妬するのに疲れた。加奈も被害に遭ってるんじゃない？」

「隠されていたけど、あった……、と思う。そうか、浮気か。浮気相手のところにいるのかな」

「きっとそうだよ。そっちを捜しにいけば？」

だからさっさと帰ってくれ。勘繰られないよう、わたしは笑顔を見せる。

「知らないんだもん、浮気相手もその居場所も」

「……あー」

「それでここに来たの」

「ちょ、その論理はおかしい。さっきも言ったけど、わたしはあれから智哉とは会っていない。なにもない。誤解してる」

目の端を、ポインセチアの赤がちらちらと横切る。わたしの嘘を責めてくる。わたしの機嫌を取るためだけに持ってきた売れ残り。あんなものベランダに出しておくんだった。寒空の下はかわいそう、なんて思わなければよかった。

「誤解なのかあ」

「もちろん」

「智哉を捜してあちこち行ったんだ。でも見つからない」

「……もう帰ってるかもしれないよ、自分の家に」

「帰ってないよ。家って、あたしんちだもん」

加奈の目から、ぽろぽろと涙がこぼれおちていく。

「え？　結婚してたの？」

「ううん。あたしのマンションに智哉が転がり込んできたの。あたし、自立しなきゃって思って。ママのことはおじいちゃまに任せようと思って。あれ、逆かな、おじいちゃまのことをママに、かな。ともかく去年、実家を出てひとり暮らしをはじめたの」

ふたり暮らしじゃなくて？

そんな質問をすると話が長引きそうなので、やめた。いまさら嫉妬してると思われるのも癪に障る。

「あれこれあって、そのあと智哉と一緒に暮らすことになって。うちのマンション、コンシェルジュがいるから、智哉がマンションに戻ってないのはたしか。スマホも通じない。それにね、……荷物を持って出ていったの」

加奈がすがりついてくる。

荷物って、智哉が持っていたのは、アタッシェケースぐらいのサイズだったけどな。

冷静に、そんなことを思いだす。

泣いている加奈には悪いが、同情する気にはなれない。友だちの男を奪って、そのまま連絡を寄越さず、五年も経ってから勝手に疑ってわめいて、わたしをなんだと思っているんだ。

「……ごめんね。洟、ついちゃったかも」

加奈が鼻水をすすりながら、わたしから身を離す。勘弁してと思ったけれど、さっさと追いだしたいので鷹揚にうなずく。

「気にしなくていいよ。それよりそろそろ終電だよ」

「葉月は結婚、まだ？」

さすがにカチンときたので、自分でも声が硬くなったのがわかった。

「どこから見てもひとり暮らしじゃない。男の影、ないでしょ」

ポインセチアが目に入って、視線をずらす。

「親、なにも言わない？　実家、遠かったよね」

「言うよ。東京より結婚適齢期が早いからね。地元に残った子はほぼ結婚してるし」

誰ちゃんのところはふたり目の子が産まれて、誰ちゃんは結婚して離婚したけどまた結婚。それに比べてあんたは、と。五つ年下の従妹が授かり婚で結婚式を挙げたばかりとあって、電話で嫌みを言われたばかりだ。相手は漁協の有力者の息子。安定期まで待っておこなった地元色に充ち満ちた式だったそうだ。

なんて話も長くなりそうで黙っていたが、加奈は、わかるー、と身悶えた。

「うちもだよー。東京だから適齢期が遅いなんてことない。家風によりけり。ママがあなたを産んだのは二十五のときよ、ヴァンサンカンよ、だって。三十は超えるなって言われてる。自分は離婚して戻ってきたくせに」

加奈の「おじいちゃま」は、母方の祖父だ。宝飾店を一代で大きくした。今もテレビコマーシャルに出演して、苗字でかつ店の名前、シラクラ、シラクラを連呼している。

加奈が小学校に入る前に離婚した母親は、商売のほうが向いていると、以来独身のまま。蝶よ花よと育てられた加奈はお嬢さま学校を経たものの系列の女子大には入らず、共学の経済学部に進んだ。家業を継ぐためだ。

家風とはおおげさな物言いだが、店を一族で固めて、経営を盤石にしたいのだろう。結婚もそのためにということだ。

「智哉のことはね、最初、おじいちゃまもママも気に入ってくれたの」

加奈が淋しそうに笑う。

「商売を覚えるって、智哉も銀行を辞めて――」

「え？ 辞めたの？」

つい訊ねてしまった。さっさと帰ってほしいのに。でもそんな話、智哉は全然言ってなかった。

「アイディアもいっぱい出してくれたんだけど、どれも当たらなくて。おじいちゃま、だんだん不機嫌になっていって。最後に起死回生とばかりにはじめたのがアイスクリーム屋さんで」

「いきなり飲食業？」

「違う違う。ごめんね、省いちゃったけど中間があるの。もともとはママがレストランチェーンの株を持っていて、そこの社長と仲良くなって新規事業に乗りだして、パンケーキのお店に、次がクレープ、あれ、逆かな、ドーナツはいつだろう」

「もういいよ。省いて」

「そう？　本当に本当に大変だったのよね、ひと晩話せるぐらい。うん、もう話しちゃう。さっきはあれこれあってって、ごまかしちゃったけど、その当時のあたしが知らなかったこともあって」

「話さなくていい。まじ、終電無くなるよ。帰らないと」

「タクシー呼べばいいよ。ともかくね、アイスクリーム屋さんをはじめてこれでなんとかなる、って思ったところに問題発覚。智哉は銀行を辞めたんじゃなくて、辞めさせられたんだってわかったの」

「は？」

「使い込みがバレてクビになってた」

「横領とか、そういう？」

「だったらまだ格好がつくんだろうけど、ううん、そこまでじゃなかったから警察にも訴えられずに済んだんだね。やったのは経費や接待費の使い込み。領収書の偽造とかノベルティグッズを流すとか、セコいことをちょこちょこと。でも塵も積もれば山となるのね」

なにをやっているんだ、智哉は。バカじゃないの？

「銀行の寮を追いだされて、部屋を借りるお金もなくてうちに来た、ってのが本当のとこ。その使い込みを清算するために借金もしちゃってたんだ。あんまりよくないところから。あたしに言ってくれればよかったのに……」

「それ、まだ残ってる？」

だからわたしの財布を盗ろうとしたのか。智哉に頼まれて作った口座は給与の振込みに使っていたから、ボーナス分くらいはあると思ったのだろう。

「あたしが、全部まとめて綺麗にした。だって智哉には立ち直ってもらわなきゃって、思ったんだもん」

加奈がまた泣きはじめる。

「もう、智哉を捜さないほうがいいんじゃない？」

「どういうこと？」

涙と鼻水でドロドロの顔を、加奈が向けてくる。

「そりゃあれよ。関係、断ち切ったほうがいいって話。また同じことをするかもしれない」

「うん、たしかに領収書の偽造や、他にもあれこれとセコいことをされた。おじいちゃまなんてセコいじゃ済まないって激怒しちゃって」

「やっぱり」

「……でも、でも放っておくわけにはいかないの。智哉、持ち逃げしたのよぉ、店のジュエリー。総額一千万円」

加奈が泣き伏した。

一千万円。

智哉には、姿を消す理由がある。

やっぱり冷えちゃったと、加奈はトイレに駆け込んだ。また追いだし損なってしまった。

ダイヤモンドの指輪が、四百万と三百万。ネックレスが三本で、百万ずつ。智哉はそれだけのものを持っていったらしい。それでどうしてわたしの財布をと思ったけれど、貴金属はすぐに売れないのかもしれない。当座の逃亡資金が要るんだろう。

ホントにバカ、とため息をついたところで、わたしは見てしまった。

ローテーブルの下、転がったクッションの向こうに光るものがあった。

手を伸ばすと、冷たいものに触れた。つまみ上げると、電燈の光に輝いている。

――指輪。

シルバー、いやプラチナだ。てっぺんに煌(きら)めく透明な石。ダイヤモンドか。智哉の鞄をひっくり返したときに落ちたんだ。四百万？　三百万？　どっち？

勢いのいい水音がした。続いてトイレの扉が開く音。

赤い色が目に入ると、あとはもう無意識だった。ポインセチアの葉の根元、植わっている土の中に、わたしは指輪を押し込んだ。

「取り乱してごめんね」

弱々しい笑顔を見せながら、加奈が戻ってくる。

「大変、だったね」

声の震えは、壮絶な告白を聞いての動揺と取られただろう。

いいのか、わたし。盗るつもりなのか？　だけど今のアルバイト生活は苦しい。売価より安くしか売れないだろうけど、それでも。

バカにされているじゃないか。「電気代、千円もしないよね。お金なら出す」だって？　失礼にもほどがある。「葉月は結婚、まだ？」だって？　あんたが智哉を取っていったくせになにを言う。たしかに彼はろくでもない男だった。つきあいを続けなくて正解だろう。だからって奪っていいとでも？　加奈の窮状なんて自業自得だ。他人の男を奪ったツケだ。

智哉も智哉だ。売れ残りのポインセチアなんて持ってきて。

盗ってやる。その権利が、わたしにはあるはず。

一刻も早く、加奈を帰さなくては。気づかれてはいけない。

「タクシー、呼ぶね。今日はゆっくり寝たほうがいいよ」

わたしは加奈にほほえんだ。無理に追いだしては、あとで疑われる。ソフトに、ソフトに。

「……智哉のいないマンションになんて帰りたくない」

「じゃあ実家に帰りなよ。お祖父さんもお母さんもいるんでしょ」

「とんでもない！　おじいちゃまにバレないうちになんとかしなきゃ」

「バレないうちって、一千万円だよね。黙ったままにするの？」

「だから捜してるんじゃない。話すにしてもタイミングが必要だと思う。おじいちゃま、今、七十八なんだ。血圧も心配で。葉月、今晩泊めて。夜中にバタバタしておじいちゃまを病気にしたくない」

なんだその理屈は。いいから帰ってくれ。

「ごめん。わたし明日、朝早いんだ」

「朝には帰るよ」

「やることもあるし」

「なにやるの？　手伝う」

「必要ない必要ない。お願い、帰って」

「葉月の顔見たら、ほっとして眠くなっちゃった。大学のころみたいに一緒に寝よ。みんなでザコ寝したよね。……智哉とか、ほかの子とか、……ごめん、また泣けてきちゃった。洗面所借りるね。ついでにシャワー浴びてくる。奥がバスルームだよね」

加奈が立ち上がった。

バスルーム！

「加奈、加奈加奈加奈加奈、加奈！」

わたしは立ち塞(ふさ)がった。両手を広げる。

「バスルームはだめ！」

「なんで？」

「シャワー、無理。壊れてる」

「そうなのぉ？」

「そう！　だから家に帰ったほうがいいよ」

加奈が考えている。だがそれも一瞬。

「じゃあいい、顔だけ洗う。タオル貸して」

小柄な加奈がまた、わたしの腋(わき)の下をすりぬけて間仕切りのガラス戸を開ける。洗面所はキッチンの脇にあり、開き扉の正面が洗面ボウル、その右が洗濯機、左手側の折れ戸の向こうがバスルームだ。そこに鍵はない。今開けられては困る。

加奈のあとについて洗面所に入った。バスルームの折れ戸を背に立つ。

「これ、タオル。置き場所がないから持ってるね。洗顔剤はそれ」

「メイク落としは？　バスルーム？」

「違う！　棚、これ」

「新品？　ストックじゃない。使っていいの？」

「いい、いい」

　メイクを落としてさっぱりした顔になった加奈は、わたしを見てにっこり笑う。大学時代と同じ、幼い印象だ。

「ありがと。ところでここ、なんか臭わない？」

「……だから壊れてるんだって」

　自宅も実家も嫌ならホテルはどう？　いいホテルに泊まって気分を変えなよ。そう勧めたけれど、加奈は生返事。クローゼットを勝手に開けて、パジャマになりそうな服を見つくろっている。

　わたしはその間に、急ぎバスルームに向かった。

　でも鍵がかからないのではどうしようもない。せめてもと、折れ戸の前に畳んでおいた段ボール箱を立てかける。

　加奈に見られてはいけない。

「葉月ー、これ借りていいかなー」

　加奈の声が届く。どうあっても帰らないのなら、明日の朝までやり過ごすしかない。

早く寝かせてしまおう。

戻ってみると、加奈が袖を通しているのは部屋着ではなく外出用のカットソーだったが、文句を言うのも面倒だった。薄手の生地だからだろう、エアコンの暖房温度をさらに上げている。わたしは間仕切りの戸を閉めて暖気が逃げないようにした。

「葉月、だいじょうぶ?」

「だいじょうぶって、なにが?」

「なんか疲れた顔してるよ」

疲れてるよ、疲れ果ててる。何割かは、加奈のせいだけど。

「仕事、忙しいからね。立ちっぱなしでくたくた」

「立ちっぱなし? どっかのメーカーじゃなかったっけ。デスクワークだよね。あれ? もう年末の休みじゃないの? 休日出勤?」

その会社は倒産して、今はホームセンターのアルバイトで、ってまたそこからか。智哉も、わたしが休みに入ったと思って昼間のうちからやってきたのだろう。どちらにしても、説明するのが面倒くさい。

「寝なよ。わたしも寝るからさ」

「うん、ありがとね。葉月もなにかあったの? 言ってくれれば力になるよ」

力なんていらない。今からでも帰って欲しい。それだけ。

口には出さず、笑って首を横に振る。見れば時計の針は、一時を回っていた。明日の朝、加奈を追いだすまではなにもできない。

クローゼットから毛布や夏用の布団、あるだけの寝具を引っぱりだす。

「加奈、ベッドを使っていいよ。じゃあ寝るね、おやすみ」

「え？　いいの？　っていうかお話ししようよ。久しぶりに、夜通しトーク。大学のころ、葉月の部屋でやったよね。教授の悪口とか、友だちの噂話とか。覚えてるよね」

「それ六年以上昔だよ。教授の顔も思いだせないし、友だちとも連絡とってないし」

「話しているうちに思いだすよ」

「わたしたち、もう二十八だよ。夜通しトークなんて無理。眠い」

ただでさえ、いろいろあったんだ、今日は。

わたしは毛布をひっかぶる。加奈より先に寝てはいけないので、ふりだけだ。

それを加奈が奪い取った。

「なにするの、寒いじゃない」

「寒くない。それより葉月の言葉のほうが寒い。もう二十八ってなに？　まだだよ、まだ二十八。人生諦めたようなこと言わないでよ」

加奈が仁王立ちになっていた。さっきまでの消沈した顔とはまるで違う。

「……いや、だけど、疲れたし」

加奈の瞳にみるみる涙が溢れでる。今度はなに？

「葉月は優しいけど、もっと自分を大事にしたほうがいい！」

「は？」

「葉月、流されてない？　まえから気になってた。言おう言おうと思って、だけど智哉とくっついちゃったせいで言えないまま葉月と別れちゃった。葉月は優しいの。あたしのわがまま、なんでも受け止めてくれるの。だからつい、あたしは葉月に頼っちゃう。今でもそんなふうにみんなの頼みを聞いているんじゃない？」

「そこまでわたしはおひとよしじゃないから」

「ごめんね。今日もあたし、わがままを言ってるって自覚してるんだ。だけど辛くて淋しくて、葉月の顔が見たくなった。……ううん、ごめんね、じゃなくて」

いきなり加奈は正座をする。膝の前に手を突いて、頭を下げた。

「本当に、すみませんでした」

「なんの真似？」

「智哉を奪ったこと。ちゃんと、謝ってなかったから」

加奈がまた、涙でぐちゃぐちゃの顔になる。

「あたし、葉月に嫉妬してた。智哉みたいにカッコよくて優しい彼がいたから。それで智哉に声をかけられてふらふらと……、ううん、他人のせいにしちゃだめだよね。あたしが欲しくなったの。自分のものにしたいと思った。だってあたし、智哉がど真ん中のタイプだったから。だから今回のことは、自業自得。……ねえ、葉月もそう思ってるでしょ」

「そんなことないよ」

いや、まさにそう、思ってた。

「ホントに？　優しいなあ、葉月は。でも思っていいんだよ。罵（ののし）ってよ。智哉がどんなにバカかわかったでしょ、って。だけど憎めなかったんだよね。あの笑顔で見つめられるとダメなんだ。浮気されてもなにされても、うやむやになっちゃって」

返事のしようがない。

わたし自身、そうだったから。今日も、危ういところだったから。

「ねえ、葉月。許してくれる？」

加奈の真っすぐな視線が、わたしを見つめていた。一瞬でも智哉に揺れた心が後ろめたい。

「なに言ってるの、今さら許すもなにも」

「本当に？」

「……本当」

目を伏せる。加奈に心の中を覗かれたくない。

「嬉しい。また葉月と、友だちをやり直せるよね」

「やり直す？」

「うん。葉月は以前と変わらない。ああ、よかった。今日ここに来て。今までどおりに、ううん、今までとはまた別の形で再スタートだね」

加奈は、それから昔話をはじめた。大学時代の話だ。

わたしの講義ノートを貸したのが、加奈との出会いだった。加奈とはその後もよく、同じ講義を取った。厳しい先生、優しい先生、人気者の先輩、流行(はや)っていたテレビ番組に映画、スイーツ、東京ディズニーランド。加奈の記憶力はかなりのもので、飛び火のように次々と思い出が語られる。

加奈のマイペースもまたあの頃から変わらない。わたしはいつも振り回された。智哉に対してもそうだ。主張がハッキリした人にはどうにも逆らえない。

だけど。

今、わたしが加奈にいい顔をしているのは、疑われたくないからだ。やり過ごすためだ。

当時だって振り回されたふりをしながら、ちゃっかりいい思いもしていた。加奈はよく奢ってくれたし、流行のものも教えてくれた。地方から出てきたわたしはキラキラした加奈が眩(まぶ)しかった。一緒にいることで、都会の子になったように思えた。

傷つけられたことしか覚えてなかったけれど、楽しいこともあったのだ。

加奈の柔らかい声を聞いていると、瞼がだんだん重くなっていく。

「寝ないで、葉月。もっと話をしようよ」

そう、加奈より先に寝てはいけない。


と思って身を起こしたときには、すでに朝になっていた。傍らの加奈は小さな寝息を立てている。

無防備な顔を見ていると、苦しくなってきた。

加奈の昔話を聞いて、当時を思いだしていた。恨みで蓋をした記憶の下には、蜜のように甘いものが詰まっていたのだ。

加奈が智哉を奪っていかなければ、わたしはもっと辛い思いをしたかもしれない。加奈の言うように、もう二十八じゃなくて、まだ二十八。まだ、だ。全然、遅くない。

ポインセチアの赤が目に入った。

引き返すなら今だ。

加奈が身じろぎをした。あっ、と言って跳ねるように起き、周囲を見回している。

「おはよう。どこにいるかわからなかったんでしょ」

そう言うと、加奈が照れ笑いをする。

「見知らぬ男の家かと。なーんてね」

「わたしも今起きたところ。簡単なものでよかったら朝ごはん、用意するけど」

防寒にカーディガンを羽織り、間仕切りの戸を開けてキッチンへと進む。奥の部屋との温度差が激しい。

加奈が後ろからついてきた。

「ごはん、なにがあるの？……ん？　なにかやってたの？」

バットに浸けおいたままの砥石を、加奈が不思議そうに見つめる。

シャク、シャク、シャク。ふいに、幻の音が聞こえる。いや、引き返すのだからと、わたしは耳を塞ぐ。

チャイムが鳴った。

こんな朝早くになんだろうと思いつつ、ドアスコープを覗く。真面目そうなコート姿の、女性ひとりに男性ふたり。わたしはU字ロックをしたまま、扉を薄く開ける。

「長尾葉月さんですね？」

女性の低い声。一階の郵便受けにも扉の外にも表札は出していない。はい、とうなずく。女性が黒いなにかを示してくる。ぎょっとした。

「警察です。お話があるのでここを開けてください」

わたしは扉を閉めた。

そのあと、いろいろなことが同時に起こって、気づいたときには三人の警察官がわたしの部屋の洗面所にぎゅうぎゅうになって入っていた。

三人は、折れ戸の向こうのバスルームで、横たわって動かない人間を見つめている。険しく眉をひそめながら。

しかし同時に、解せない、という表情を交ぜながら。

どういうことですか、と、やっと女性の警察官が口を開いた。

「気絶したんだと思います。六年前も同じことがあったから。頭のついた魚が苦手なんです。目が合ったって悲鳴を上げてパニックを起こしてなんでもかんでも投げつけて。目が覚めたあともまた興奮すると思うから、早く、どけておかないと」

なるほど、と男性の一方が呆れたようにつぶやく。

バスルームには加奈が倒れていた。

騒いだはずみに、置いていたビニール袋か新聞紙で足を滑らせたのか、八十センチ強もの鰤と抱き合うようにしながら。

加奈はほどなく目を覚まし、また大騒ぎをしたが、その騒ぎの大半は警察への抵抗だった。

Ｕ字ロックを外して再び扉を開けたわたしが訊かれたのは、「白倉加奈さんが来ていますね」だけだったので、加奈がなにをしたのかは知らなかった。そのときキッチンにいた加奈は逃げようとしてか隠れようとしてか、洗面所に、そしてその奥のバスルームに入ったのだ。トイレが玄関のそばでなければ鍵のかかるそちらに入っただろうし、うちが三階でなければベランダから飛び降りたかもしれない。

それだけのことを、加奈はしていた。

簡単にしか話せませんがと断りながら、男性の警察官が教えてくれた。これは同時に、わたしへの事情聴取も兼ねているんだろう。

昨夜遅く、高齢の男性が運転する車が自損事故を起こした。最近目立っている高齢者ゆえの事故かと思われたが、車は小型の冷凍トラックで、中には若い男性の死体が乗っていた。

運転者の命に別状はなく、事情を訊かれてしばらく黙秘。しかしやがて話しだした。コマーシャルにも出ている有名人と知られて観念したという。

孫娘の恋人が、事業に失敗し不正に手を染め浮気をして、逃げた。孫娘は浮気相手のもとに向かう途中の恋人を捕まえ、家に連れてきた。孫娘の今の住まいではなく実家のほうに。その時間、実家は無人で、そちらのほうが近かったからだという。ふたりは口論になりさらには喧嘩になり、再び逃げだそうとした恋人の背中を、孫娘が押した。

階段の上で。

恋人は死んだ。事実、死体で見つかった男性は、首の骨が折れていた。

それが夕刻のことだった。孫娘は祖父に助けを求め、祖父は急ぎ帰宅。ふたりで知恵を絞った結果、恋人は別荘に逃げたあと、事故で死んだことにしようとなった。軽井沢の別荘と田園調布の家の階段の構造はよく似ているので、そこから落ちたように見せかけられるだろうと。秘密を知る人間は少ないほうがいいので、孫娘の母親には知らせないことにした。

幸い、アイスクリームを販売する事業で使った冷凍トラックがあった。死亡した時間をごまかせるのではないかと思った。万が一のために、孫娘はしばらくの間、家族以外の人間と会ってアリバイを作ることにした。祖父は孫娘の、昨夜からの居場所を知っていた。

だから警察が、うちにきたというわけだ。

「……じゃあ、加奈が強引に泊まりにきたのは、夜通しトークで起きていようと言ったのは、アリバイのため？」

わたしのつぶやきに警察官は、どのように強引でしたか、と続きをうながしてくる。

「はい……。わたしは明日、いえ、今日が年内最後のゴミの日だから、昨夜のうちに鰤を捌こうとしていて」

「ああ、あのバスルームの魚」

警察官が苦笑する。

「なぜあんなところで料理をしようとしたんですか」

「料理まではしません。捌くだけです。キッチンの流し台じゃ狭くて無理なので。水が必要で、だけど臭くなるから新聞敷いて。内臓を捨てるビニール袋も沢山用意してたんです」

加奈が足を滑らせたことを責められてはと、先に言い訳をする。

「立派な鰤でしたね。正月用ですか？　高かったでしょう」

「親が送ってきたんです。値段は知りません」

従妹の結婚式の引き出物だ。両親が共に出席したところ、二本もらったという。ふたりきりでは食べきれないと一本送ってきたが、正月に帰らないわたしへの嫌みも交じっていただろう。昨日、智哉が帰ってすぐに届いた。鰤の他に、野菜や果物を入れた段ボール箱もあった。そちらの中身は冷蔵庫に入っている。

智哉はわたしに殴られたあと、痛いなあ、だけどこれでおあいこな、と言って出ていった。財布を盗ろうとしたのと、おあいこ？　それがわたしへの最期の言葉とは、なんとも呆れる。

あのあと浮気相手のもとに向かおうとして、加奈に捕まったということか。加奈は、嘘をついていたのだ。浮気相手もその居場所も知らないだなんて。

「白倉さんは、バスルームに鰤があると知らなかったんですか？」

「言う間もなくて。早く帰ってくれと思っていたし」

「伝えたほうが帰ってくれたんじゃないですか。怖がって」

警察官の言葉に、胸の奥が跳ねた。

最初はたしかに、加奈の剣幕に押し切られて言う間もなかった。だけどそのあと加奈をバスルームから遠ざけたのは、騒がれたくなかったからだ。パニックを起こした加奈が、六年前、部屋中走り回って目についたものを次々に投げた加奈が、もしもポインセチアに手を伸ばしたら、と。

今もポインセチアの根元には、指輪が埋まっている。

告白するなら、今だろう。

だけどわたしは加奈を許せない。

上手いことを言ってわたしをいい気にさせたのは、アリバイ作りのためだったなんて。

シャク、シャク。心に沈めた音が聞こえる。

加奈にとってもわたしは、使い勝手のいい女だった。

四百万のほうか三百万のほうか。せめてその指輪ぐらい、もらっても罰は当たらないはず。

「長尾さんは、白倉さんや被害者の津原さんとは大学時代の友人とのことですが、津原さんはどんな方でしたか」

「ええっと、どんなって？」

「あなたの家に白倉さんが来たのは、アリバイ作りとともに、疑われたときに自分の味方をさせたいという計算もあったようです。津原さんの非をあげつらってませんでしたか？　白倉社長によると、孫の白倉さんがカッとなってしまったのは浮気相手が妊娠したからだそうで、嘘だの別れるの堕胎させるのと話が何度もすり替わったらしく」

「……そ、その話は知りませんでした。でもたしかに智哉、……くんは、女の子とは、そのいろいろと」

「なるほど。白倉社長からの話なので差し引いてはいますが、孫はひどい男に引っかかってしまった、彼こそが悪いのだと言っていましたね」

からの、……話。

加奈からは、智哉が店のジュエリーを持ち逃げしたと聞いたけれど、この警察官からの話は、少し足りない。智哉が事業に失敗し不正に手を染め浮気をして逃げた、そこまでだ。

「あの、加奈は……、智哉くんがジュエリーを持ち逃げしたとも言っていて」

「本当ですか？　しかし彼は……、あ、そうか。そういうことか」

警察官の目が見開かれ、破顔一笑した。

「ありがとうございます。それでわかりました。いえね、白倉社長が事故を起こしたとき、高額そうな宝飾品を入れたケースも持っていたんですよ。別荘の近くで商談する予定があったと言っていたが、死体を運搬したあとで商談とは不思議でね。彼が盗んだことにしたかったんでしょう」

一千万円のジュエリーの話さえも、嘘？　智哉が、五年も前に別れたわたしに会いにきて財布を奪おうとしたのは、本当にお金が必要だったから？　たとえば堕胎の費用とか。

そういえば、いくらなんでも三百万や四百万もする指輪を、無造作に鞄に突っ込んだりなどしない。

まさか。

「智哉……くんは、なにも盗んでないんですか？」

「今までにですか？　詳しいことはまだ捜査中なので。ただ、白倉社長は激怒していましたね。シラクラの店名が入った小箱を盗んでいたのは許せないと」

「小箱？」

「ええ。よくあるでしょう、品物を客に渡すときに使う小箱が。津原さんは、以前からたびたびその箱を盗んでおり、指輪やネックレスを入れて知り合った女の子たちにプレゼントしていたそうです」

警察官が肩をすくめ、続けた。

「どこで買ったかわからない、子供騙しのものを」

02

骨になったら

「このたびはご愁傷様でございます」

頭を下げてくる弔問客に、私もまた、頭を垂れる。

どうかお力落としをなさいませんように……、突然のことで……、心よりお悔やみを申しあげます……、よく似た言葉をかけられるせいか、どれも耳の横を滑っていく。

いや、心に届いてこないのは私の問題だ。

私が妻を殺したから、こういうことになっている。


駅から少し距離のある葬儀場だ。予報では今夜も明日も雨で、実際、よく降っている。妻、桜子（さくらこ）は友人が少なかったので、弔問客はさほど見込まなかった。複数あるなかの一番小さい式場を頼もうとしたら、申込書の私の職業を見て葬儀場のスタッフが言った。社会的地位のある人物が喪主の場合、故人の関係者より喪主の関係者のほうが多く来ると。

たしかに、と生まれて四十九年の間に経験した数々の葬儀を思いだす。桜子の関係者に会うのは精神衛生上よくないが、部屋の大きさを変えたところで違いはない。

私は、通夜から葬儀へと流れていく決まりごとに乗るだけ。

明日の昼十二時には火葬場に行き、遺体は骨になる。そうすればこの緊張に終止符が打たれる。骨になればもう、私のやったことはわからない。

遺族席にいるのは、私、花沢公人（はなざわきみと）のほか、桜子の姉の有島柚子（ありしまゆずこ）、その夫の将（まさる）、彼らの子の勇樹（ゆうき）と茉莉（まり）だ。私の親戚は四国にいるので、来るなら今夜の遅い時間か、明日の葬儀だろう。

通夜がはじまったのは、午後六時だ。

柚子が家族とともにやってきたのは、その二時間ほど前、準備が整うのを待っていた遺族控室だった。柚子はティッシュペーパーを手にずっと泣いていた。

「わたしがもっと……、もっと桜子の話を、聞いてあげれば。もっとまめに……連絡してさえいれば。でも、……仕事が忙しかったの、子供たちも、……まだまだ手がかかって」

柚子はそう言って、またティッシュペーパーをゴミ箱に捨てる。

「きみはがんばっていたよ。真夜中でも返信を欠かさなかったじゃないか」

義兄の将が、隣から支えていた。

「そう……、そうよね。だけど桜子、わたしにお別れも……言わずに。わたし、最後に桜子の声を聞いたの、いつだったかしら」

ショッキングピンクのカバーをつけたスマートフォンを、柚子は取りだした。

妻と柚子との連絡は、メッセージアプリのLINEで行われていた。あるときから桜子の生活時間がおかしくなり、他人の都合さえ考慮しなくなったためだ。ひとたび電話がつながれば数時間は話し込む桜子に、柚子がつきあいきれなかったのも当然だ。冷静なときの桜子を根気よく諭し、柚子との間でルールが作られていったという。「元気？」「どうしてる？」だけでいいから、二日に一度はLINEを送り合おうと。

「わたし、桜子に冷たかったかしら。つい自分の、……家族のことにかまけていて」

柚子がまた泣いた。このあと柚子は、通夜の式場に入るまでに同じセリフを三度言う。三度目に、甥の勇樹が切れた。

「しつこいよ、かあさん。そんなことないって否定してほしいだけに聞こえる」

辛辣だが、姪の茉莉も不愉快そうだった。

「そうよ。あたしたちのことを理由にしないで」

勇樹は昨年、大学浪人だった。今年こそはなんとしてもと、柚子もサポートしていたはずだ。無事に合格した彼は、春から医学部に通っている。茉莉は中学生で、フィギュアスケートを習っている。小さいころオリンピックで日本選手の活躍を見て、夢中になったのだ。昨今そういう子供は多いらしく、親の負担は並大抵ではないと聞く。加えて柚子には、親から受け継いだ病院の仕事があった。診察をするのは婿養子にあたる将と部下の医師だが、柚子は経営、事務部分を担っていた。

「それに、ママのスマホカバー、色が目に痛い。あたしが今日さそうとした傘は、派手だからダメって言ったくせに」

「他のを持ってないのよ。傘ならいくらでも替えがあるでしょ。なによりあんな古いもの」

「……あの傘、桜子おばさまがくれたものなの。……だからさしたかったのに」

茉莉が大きな瞳から涙をこぼした。勇樹が妹の肩を抱く。なにか言いかけて止めた柚子は、顔を私に向けた。

「公人さん。あなたさえ桜子をちゃんと見ていれば、こんなことにはならなかったのに。なによりあなたときたら……」

柚子は、本当はずっと、この先に続く言葉を放ちたかったのだ。私を詰りたかったのだ。

「よしなさい、柚子」

将が制してくれたのは、私への気遣いではなく、子供たちに続きを聞かせたくなかったのだろう。

妻が自殺したとき、私は女性の住むアパートにいた。——それが、柚子たちの知る事実だ。そういった女性を、世間では愛人と呼ぶ。

その彼女が私のアリバイを証明した。別の目撃証言もあった。

桜子は、壊れていた。

それは私の周囲の、ほとんどのものが知っていた。最初は隠そうとしたが、桜子はいろいろな人に迷惑をかけてしまったので、ごまかしようがなかった。

私が勤務する病院でも当然知られており、同情の目を向けてくるものは多くいた。そのひとりが荻野(おぎの)という事務方の女性で、一ヵ月ほど前から親しくなった。きっかけは他愛もない。電車の遅延があり車で来ていた私が送ってやった、それだけのことだ。電車なら隣の駅ということで、いわばご近所だった。お礼の品を貰(もら)い、そのまたお礼にと食事をして、あとは想像通りの展開だ。一度きりの関係ではなくなった。

妻と別れてくれ、マンションに住まわせてくれなどと、荻野は要求してこない。関係ははじまったばかりなので、この先そんなこともあり得たかもしれない。荻野のアパートは駅から距離があったことだし。ただ荻野は、私ばかりでなく妻にも同情していた。

たしかこう言った。

自分の経験したなかで最も強い喪失感は、一番目が恋人に去られたことで、二番目が実家で飼っていた愛犬が死んだこと。時間が経てば、そのふたつは逆転するかもしれない。でも花沢先生の奥さんの痛みは、時間が経っても消えないし、ふたつを合わせてさらに何倍にしても足りない、と。

私の人生にもさまざまな転機があり、さまざまな絶望があったが、そのことは桜子だけでなく私にとっても、一番の衝撃、最も強い喪失だった。


四国で生まれた私が東京の医学部に入ったのは、成績が良かったから、儲かる職業だと思ったから、そして今では口に出すのも恥ずかしいが、医療ものの漫画の影響がある。大学に入ってから、周囲に「医者の子供」が多いことに驚いた。奨学金を受けたとはいえ、公務員の親には金銭面で相当な苦労をかけただろう。

桜子を紹介されたのは、大学病院からその系列の病院に移り、さらに別のところに移ったあとのことだ。私は三十三歳、桜子は二十六歳。桜子の実家は有島整形外科という、手術や入院設備の整った規模の大きな病院だ。姉の柚子は結婚していて、病院はその夫である将が継ぐと聞いていた。すでに勇樹も生まれていた。

とある理由から大学の恩師との縁が切れた私は、開業医の道を探っていた。後継者を目的に娘婿を求めている病院が一番よかったのだが。

ひとめ惚れをした。桜子は、よくそこまで相応しい名をつけたと思うほど、満開の桜のように華やかで気品のある美しさを持っていた。

だが桜子は目を惹く外見とは反対に、家にいるのを好む慎ましやかな女性だった。料理を作り花を愛で、結婚して子供を作り毎日を穏やかに暮らしたいと。当時としても古風な考え方だろう。こんな女性がそばにいてくれたらと、想像しただけで頬が緩んだ。

幸いにも、間をつないでくれた先輩からこう聞いた。

「有島整形外科は儲かっているから、桜子さんにも金は回せるはずだぞ。最初は桜子さんが跡を継ぐ予定で、姉さんの縁談をストップさせていたって話だ」

「どういうことですか？　女ふたりしかいなくて婿を跡取りにしたいなら、大抵は上から順ですよね」

姉が、親に結婚相手を決められるなんて、と反発していたのだろうか。

「桜子さん本人が医学部受験をしてたんだよ。ただなかなか、難しかったようでな」

のちに聞いた話によると、三回落ちたらしい。そこまでやって諦めた。薬学や看護の道にも進まなかった。翌年、福祉学部に合格して卒業もしたが、仕事には就かず家事手伝い、いわゆる花嫁修業をしていた。ちなみに桜子の五歳年上の姉、柚子は、自分の頭では医者は無理だとトライもせず女子大に進み、卒業後は遊んでいた。だが、桜子の医学部受験リタイアを機に婿を取ったのだった。

桜子の挫折を、私は当時重要視していなかった。桜子の美しさや家庭的なところに夢中になり、開業資金を出してもらえそうだという期待に気を取られていた。

結婚式は盛大に執り行われた。姓こそ私のほうになったが、招待客は圧倒的に花嫁側が多く、私の従弟(いとこ)などは婿に入ったようなものだと言った。だが私は気にしなかった。その招待客のほとんどが、桜子のではなく義父や病院のつながりで、見返りを期待したからだ。将に代わって自分が婿でも、とも思うが、担当の診療科が違った。

幸せな新婚生活だった。予想通り、桜子は私に尽くしてくれる妻だった。期待通り、大きな家も与えられた。新築ではなかったが適度に改装され、周囲の住宅とは並はずれて家も庭も広い。桜子本人が母方の祖父から相続した家だった。

息子、大志(たいし)が生まれたのは四年後だ。桜子と私、両方のよいところを受け継いで、顔立ちはかわいく、言葉の覚えは早い。姪の茉莉がふたつ年上になるが、三歳にして茉莉と同じパズルが解け、絵本が読めた。まさに神童だ。

予定が狂ってきたのは、義父の死がきっかけだった。九年前になる。

「ご連絡をいただいてびっくりしました。このたびは本当に――」

弔問客の残りの言葉を奪うように、柚子が泣き声のボリュームを上げた。ふたり組でやってきた女性に歩み寄っている。四十そこそこといったあたり。桜子の友人だろう。誰だったか。

「桜子さん、同窓会にいらっしゃらないから本当に久しぶりで。もっと頻繁にお会いできればよかったのですけれど」

「わたくしたちの実家のほうにご連絡くださっていたんですね。クラスメイトへの連絡が間に合わなくて、わたくしたちだけしか来られなくてすみません」

「いいえ。親友の……おふたりに来ていただいて、桜子も……本当に喜んでおります」

柚子が号泣して、女性ふたりも悲痛な表情になる。

そう言われて思いだした。結婚式に来ていた高校時代の友人だ。ただ、名前は思いだせない。

「それで桜子さんはあの……」

一方の女性が問いかけ、もう一方が慌ててその女性の喪服を引っぱる。

「呼吸不全を起こしました」

肺炎でした。多臓器不全でした。そんなよく聞く死因のように柚子はきっぱりと言うが――

硫化水素自殺だ。処理のために消防もやってきたので、近所には知れ渡っていた。参列者も、知っているものは知っている。桜子が出席しなかった同窓会でも、ここのところの桜子の状態は噂になっていただろう。

女性たちは察したのか、大変でしたね、と柚子を慰める。柚子もそれ以上は語らず、まだ四十二歳なのに、と泣く。

死因を訊ねた女性が、こちらを真っ直ぐに見てきた。なにを言われるのだろう、と心臓が跳ねる。

「桜子さんは遺……、いえ、なにか言い遺したことはあったのでしょうか」

遺書はない。

トイレと玄関の扉に貼った「硫化水素発生中」という極太ペンで書いた紙、それを遺書と呼ばないのなら。私は朝、荻野の元から帰宅して、玄関の扉の前で消防を呼んだ。家は大きく、庭も広い。門扉から玄関は見えない。朝になるまで誰も気づかなかった。

ゆっくりと慎重に、私は首を横に振る。

「そうでしたか。……わたし、本当にそろそろ、桜子さんに連絡しようかと思っていたところなんですよ。落ち着いていればいいなと思って。本当に」

本当、が多いと嘘に聞こえる。もう一方の女性も続けた。

「わたくしもです。桜子さんが夢に出てきて。それがちょうどお亡くなりになる前日だと思います。電話をしようと思ったのについ、しそびれてしまって」

再び心臓が跳ねた。電話をされなくてよかった。

ふたりはそんな私の思いに気がつくはずもなく、祭壇に視線を投げた。

「桜子さん、お綺麗ですね。素敵な写真です」

「そうでしょう？　わたしもお気に入りなんです」

柚子が答える。柔らかく微笑む桜子は天使にも似ている。ただ、三年前のものだ。

女性たちは何度か礼をして、去っていった。

「お義姉さんが連絡してくださったんですね。ありがとうございます。私、恥ずかしながら、桜子の友人をあまり知らなくて」

私がそう言うと、柚子は冷ややかな目を向けてきた。

「あの子、お友だちを家に呼んだことなかったの？」

「ママ友、というんですか？　そういう方は何人か。ただ、それも縁が切れてしまって」

ふう、と柚子はため息をつく。

「そうね。今のあの人たちも同じでしょうね。でもそれじゃ桜子が可哀想じゃない。彼女たちも桜子を支えきれなかったこと、少しでも悔やむべきよ」

柚子の顔をまじまじと見そうになり、慌てて下を向いた。なんと恐ろしいことを言うのだ。先ほどの感極まったようすは演技なのか。いや柚子は自分の気持ちの負担を少しでも減らしたいのだろう。桜子に手を差し伸べなかったのは自分だけではないと。

もちろんその最たるものは、私だ。わかっている。だから私は、余計なことを言わない。

骨になるまで、あと十八時間弱。時間が過ぎるのをじりじりと待っている。

僧侶による読経の中、私、柚子たち、と順に焼香をしていく。彼らと遺族席に並ぶのは、これで何度目だろう。

大志が生まれて間もなく義母が、そして大志が三歳のときに義父が死んだ。どちらも病死だ。義父の死によって有島整形外科は正式に義兄、将のものになり、そこではじめて経営状態が芳(かんば)しくないと知らされた。

将が嘘をついているとは思わない。会計報告の書類も見せてもらった。柚子も病院の経営に尽力するようになった。診療費を水増しするため、骨折にせよ人工関節置換にせよ、手術が伴うものは入院期間を引き延ばしたようだ。だが一方で子供たちは高い学費の学校や幼稚園に通い、フィギュアスケートなどの習い事もしていた。いや、それは当然で、そこに文句を言いたいわけではない。子供にはできる限りの教育を与えたい。私もそう考え、実行した。だからそれは構わない。

問題は、桜子に入る遺産が少なかったことや、開業資金を提供してもらう話がなくなったことだ。

法律には詳しくないのだが、義父は自分の死によって財産が分散しないよう、さまざまな手を打っていた。そのひとつが、孫の勇樹を養子としていたことだ。同じ孫である大志に声がかからなかったのは、被相続人に実子がいる場合には、一人しか、養子を法定相続人の数に含められないせいだと説明された。しかし結局は、病院のためということだ。

「わたし、この家をおじいさまから貰っているから、いいわ」

桜子はそう言い、すぐ引き下がった。この家が桜子に遺されたのも節税対策だと、今さら気づいた。もしかしたら柚子も、別のなにかを貰っていたかもしれない。

桜子が争わないなら、私には文句の言いようもない。しこりはあったが、私も納得した。開業するなら、集客が難しいであろう住宅街にあるこの家ではなくもっと人通りのあるところでと思ってきたが、むしろ逆手に取って、セレブ御用達のお忍び病院というコンセプトに転換してもよいか、と考えも柔軟にした。

私たちは幸せだった。仕事は順調で、桜子は変わらず美しく、よく家庭を守り、大志は自慢の息子だった。ピアノにスイミング、いろいろな習い事をさせた。サッカーにも興味を持ち、どこかのチームに入ろうかと言っていたとき。——三年前だった。

大志が死んだ。交通事故だった。桜子の自損事故だ。桜子は骨折で済んだが、助手席にいた大志は、後部座席からものを取ろうとシートベルトを外していた。

即死だった。

桜子は自分を責めた。私は彼女を責めなかった、と思う。けれど桜子は、責められていると感じていた。

まだふたりとも若いのだから次の子供を考えてはどうか。そんな言葉が桜子に寄せられていたようだ。アドバイスのつもりだろうが、私たちにとっては心ない言葉だった。結婚の翌年から私たちは不妊治療に取り組んでいた。大志はやっとできた子供だった。大志の代わりなどいない。そんなこともあって、ママ友と呼ばれる人々と疎遠になった。

桜子はもともと友人が少ない。高校までエスカレーター式の女子校で、医学部受験のために三年を棒に振り、諦めて別の大学に入った年には、旧友たちはすでに大学四年生で次の居場所を探す時期だ。話が合わず、気を遣われ、桜子も会いたがらなかった。入った大学でも、桜子は年齢の差からか、深くつきあう友人を作れないままだった。結婚式の段階では気づけなかったが、桜子は周囲から同情される自分を気に病む性格だった。

柚子も桜子のことを心配してくれたが、どうしても子供たち、勇樹と茉莉の影が見えてしまうのだろう、桜子は些細なことで気を滅入らせる。かと思えばべったりと頼りすぎて、柚子の腰を引かせてしまう。

桜子が最初の自殺を図ったのは、大志が死んだ三ヵ月後だ。溜め込んだ精神安定剤と睡眠薬を飲んだ。

心療内科で貰っていた薬だ。過剰摂取が死をもたらすバルビツール酸系の睡眠薬自殺が相次いだため、今は簡単には死ねないタイプの薬が処方される。救急車で運ばれ、胃洗浄をされた。苦しむ処置のはずだが、オーバードーズは一度では済まなかった。アルコールとともに薬を服用したこともあった。

踏切自殺を疑われて、警察に保護されたこともあった。リストカットもした。そんな中、硫化水素での自殺を試みたことがあった。硫化水素とは、硫黄と水素からなる無機化合物だ。火山や硫黄温泉地、化学工場や地下工事などで発生し事故を起こすことがあるが、近年は、自殺の手段として人為的に発生させるケースが増えていた。粘膜や呼吸器系に影響を及ぼし、高濃度であればすぐさま心停止に至る。

私が勤務する病院から帰宅したところ、トイレの扉に紙が貼ってあった。

「硫化水素発生中」

腰を抜かしそうになった。トイレの鍵は非常時に外から解錠できるようになっていて、表面に切られた溝をコインなどで回せば開けられる。慌ててポケットを探り、鍵を開けようとして、留まった。

新聞記事を思いだしたのだ。硫化水素は空気より重くすぐには拡散しないので、しばらくは発生させた場所に留まっていると。自殺を図った本人だけでなく、慌てて助けようとした家族も同じ硫化水素を吸って亡くなるということがあった。

私はその場から離れ、消防署に電話をかけた。気分は悪くなっていないし、異臭も目への刺激も感じなかったので、ガスは吸っていないと思った。

ただちに隊員がやってきたが、結論から言うと、なにも発生していなかった。桜子はトイレの床で膝を抱えたまま、塩酸を含む酸性洗剤と、どこから手に入れたのか、危険なためもう売られていないはずの硫黄系入浴剤を前に、震えていた。

安堵と、申し訳なさや恥ずかしさでいっぱいになりながら頭を下げ、桜子ともども強く叱られ、洗剤類を桜子の目に触れさせないよう約束した。

約束を、破ってしまったことになるのだなと、今思いだした。

僧侶が退場し、弔問客も波が引くようにいなくなる。

受付や手伝いには、私の勤務先のスタッフが当たってくれていた。疲れただろうと声をかけたが、気づまりそうにうつむくばかり。

とそこに、来るとは思っていなかった人物が現れた。荻野だ。

「きみ……、いつから？」

「さっきです。このたびはご愁傷様でございます」

私の態度で、柚子は気づいたのだろう。目の端で、こちらを睨みつけているのが見えた。将が自分の子供たちに「式場に忘れ物がないか、確認してきなさい」と言って追いやろうとしていたが、勇樹も茉莉も、動こうとしない。

「わたしがお引き留めしなければ、奥さまはなにもなさらなかったかもしれません。大

「申し訳ありませんでした」

荻野は腰を折り、きっちりと頭を下げた。その姿勢のまま、しばらく固まっている。

ぽつりと、床になにかが落ちた。

「荻ちゃん、荻ちゃん」

一緒に仕事をしているスタッフが声をかけたが、荻野はまだ動かない。

「……頭を上げてくれ、荻野くん。責められるべきは私だ」

私の声でようやく上半身を起こした荻野の顔は、予想通りだ。声を上げずに泣いている。

「桜子は」

柚子が低い声を出した。

「あなたのこと、桜子は知っていたの？」

荻野が目を丸くしたまま戸惑っている。桜子に会わせたことはない。

「わ……わかりませ……」

「知らない。桜子は知らない。誓って知らない！」

私が強く言うと、そう、と柚子は引いた。

帰ろうよ、とスタッフが荻野の腕を取る。

柚子はそれ以上なにも言わなかった。私はスタッフに連れられていく荻野に声をかけた。

「巻き込んで、悪いことをしたね」

本心だ。荻野は私が思っていたよりもずっと、心根の優しい女性だった。

荻野は弱々しく微笑んだ。

「先生も、お気を落とされませんように」


親族や遺族の集う控室に戻ってきたのは、私と柚子一家だけだ。ほかはみな、帰ってしまった。

こちらの控室では今夜、棺が移されていわゆる「寝ずの番」をするのだが、柚子たちも泊まるのだろうか。

死者を偲んで夜を過ごす場だが、帰ってもらわねば困る。しかしそう促すハードルがまた高くなったと、私はため息をつく。

「自業自得よ」

ひっ、と声が出てしまったのは、柚子の声が桜子に似ていたからだ。

恐る恐るそちらを見ると、柚子が呆れたような顔をしていた。

「なあに？　わたしだってわかってますよ、桜子の自殺はさっきの人のせいじゃないことぐらい。桜子が気づいていなかったかどうか、本当のことはもう知りようがないけど、公人さんは気づかれないようにしてたんでしょう？」

茉莉たちの耳に入れないようにか、柚子は小声だ。

そうか、そっちかと、私はうなずいた。

「三年、だものね。公人さんも、そりゃあね。けれど姉としてはやっぱり……」

また柚子がむせび泣く。向こうで大志に会えているかしらと、声を詰まらせる。

「結局、立ち直れませんでした。私だって大志を忘れたわけじゃありません。仕事で気持ちを紛らせてきた。桜子にも、勤めに出てはどうかと提案したんですが」

「それ！ それ、わたしも言ったわよ。しゃんとしなさいって。気分を変えなさいって。だけど桜子、外で働いたことがなかったから尻込みしちゃって。うちの病院ならみんな知ってるし、だいじょうぶだからって何度も言ったのに」

大志を亡くした事故で骨折した桜子は、実家の病院で手術をして、骨にスクリューを入れた。のちにそのスクリューの抜釘（ばってい）手術で再度入院した際、桜子はここにいると大志を思いだしてしまうと終始泣いていた。そんな桜子に、柚子は酷なことを言ったものだ。桜子の心はあらゆるところがささくれて、どんなできごとで血を流すか予想できなくなっていた。いや、どこに触れても痛がるのだ。そして怒るのだ。

葬儀会社に勧められるまま用意していた控室の食事は、五人では多すぎた。冷えた揚げ物は油の味しかしない。

午後八時半。骨になるまで、残り十五時間半。

時間よ早く過ぎていけと思ったとき、ノックの音がした。葬儀場のスタッフが来客を告げる。

「遅くなって申し訳なかったなあ」

そう言って控室にやってきたのは私の従弟だった。桜子との結婚式で、婿に入ったようなものだと私に言った、口さがない人物だ。

どうしてと訊ねると、東京に単身赴任中だという。私の両親は身体が弱っていて、兄と姉で看ている。どちらかが来られるといいが無理かもしれないので、親族代表を仰せつかったのだと笑った。こんなときに笑うかね、と呆れて咳払いをすると、いやいやすまないと大声まで出した。

まさか彼も泊まるつもりだろうか。私の田舎では、通夜の夜に親戚が集まり多くの酒が振るまわれる。偲ぶというより宴会さながら、みなで賑やかに見送ることがよしとされている部分もあった。しかし今日の場でそれは相応しくない。将は酒を嗜まないし、私も素面でいたい。対して、従弟はやたらと飲む。柚子の機嫌も悪くなるだろう。

「まずは桜子さんに手を合わさないと」

従弟はポケットから数珠を出し、棺にまっすぐ向かっていった。ひざまずいて焼香したあと、すぐさま立ちあがって棺の窓を開けた。その下の布を取る。

止める間がなかった。

「あっ……」

従弟が息を呑んだ。その声に、柚子が耐え切れないように泣きだす。

「これ、桜子さん、なの？」

身体の中から、どぐわんどぐわんと音がする。従弟が発した言葉よりも、自分の心臓の音のほうが大きく私の耳に聞こえていた。

硫化水素自殺というのは辛いものらしい。高濃度のガスで一瞬で心停止するならよいかもしれないが、それほどの濃度でない場合は、呼吸器系の細胞が損傷し、息ができずにもだえ苦しむ。血中のヘモグロビンは硫化ヘモグロビンとなり、緑色を帯びたような暗い赤紫の死斑が現れる。

葬儀場のスタッフが、かなり手を尽くしてくれた。ファンデーションを重ね、開いたままの目や口も閉じようとした。それでも苦悶の表情は残った。

柚子はひと目見ただけで号泣し、勇樹と茉莉には見せなかった。通夜でどう対応しようか相談し、棺の窓は開けないことにした。念のため布もかけた。「お顔を見てあげてください」と言わない限り、無理やり見る人間はいないはずだが。

……いたのか、ここに。従弟ももう四十歳が近いのに、デリカシーがなさすぎる。

すみませんね、と肩をすくめる従弟に、柚子は恨みの目を向けている。勇樹たちは呆れていた。将だけがいつものように穏やかだが、これなら従弟もすぐ退散するだろうと思ったが従弟は、やれ疲れたとばかりにビールの栓を抜き、自らコップに注いだ。

「いやあ、大きくなったね、……勇樹くん、だっけ。たしか公人と桜子さんの結婚式のときは、おむつしてて、こーんな膨らんだズボンだったよな」

勇樹の目がなお白くなる。十九歳の少年に、自身のおむつの話などしてはいけない。

「イケメンだねえ。桜子さんに似てる」

桜子と勇樹は確かに似ていた。従弟はそのまま、桜子の遺影に目を走らせた。

「あれ？ でも桜子さん、顔、少し違わない？」

また心臓が跳ねる。

従弟が立ちあがり、棺のそばまで行くので慌てて止めた。

「見ないよ、見ないって。だけどたしか、ほくろがあったろ。目の下にみっつも。泣きぼくろっての？」

「……取ったんだよ。ずいぶん昔だ。結婚式から会っていないだろ？」

私は答える。大志が生まれる前だ。今まで怖くて取れなかったと言っていた。やっと腕がよく信頼できる医者が見つかったと。

「目立つ場所だし傷も残りそうなのに、思い切ったなあ。さすが公人だ。整形の病院で大活躍なんだろ？」

確かに執刀したのは私だ。最初からほくろなどなかったかのように処置をした。

しかし整形の病院というおおざっぱな言い方は、誤解を呼ぶ。整形外科とも混同しかねない。私が勤務する病院は、一般に美容外科と呼ばれていて、皮膚科や形成外科、歯科などのスペシャリストが集まっていた。私の出身は形成外科だ。

心臓の鼓動は全身を駆け巡っていたが、私はその違いについて説明した。そうしないと、思わず口走ってしまいそうだったのだ。

私が顔を作り変えた。

この棺に横たわっているのは、桜子ではない。と。


午後九時すぎ。骨になるまで、十五時間を切った。

火葬されてしまえばもうわからない。顔だけの話ではない。火葬場では千度ほどの高温で焼くのでDNAは分解し、検出されなくなる。DNA型鑑定にかけられないのだ。だから私はじりじりとした思いで、骨になるのを待っていた。

葬儀場のスタッフが、自分たちの本日の業務は終了だと伝えにきた。夜勤はいるようだが大半は帰るとみえ、このあとは火を使わないようにと念を押される。電気に置き換えられているものは多々あるが、昔ながらの、蠟燭（ろうそく）や線香の火を絶やさずに、ということはできない。寝ずの番も廃れつつあるのか、必ずしも遺族が泊まる必要はないと最初に説明されていた。宿泊をさせない葬儀場もあるそうだ。そのほうが手間が少ないのだろう。

スタッフの声を潮に、柚子たちは帰っていった。従弟は粘っていたが、疲れているんだと私が頼み、重い腰を上げさせた。

私も、帰ってもよいのだ。

だが私には、今のうちにやることがある。

棺に手をかけた。もう蘇ることはないはずだが、私は少し怖かった。その女は、何度も私の運命に影響を及ぼしてきたから。今度もなにかしら罠を、仕掛けていそうな気がしていたから。

女の名は、京本綾芽という。

出会ったときは、湯口綾芽だった。私の患者だ。

二十年前のことだ。配偶者によるDV——ドメスティックバイオレンスという言葉は日本ではまだ一般化していなかったように記憶している。

綾芽は大きなガーゼを左頬にあてて、私の勤務する病院にやってきた。そこは公立病院で、形成外科だけでなく他の科も、私の出身大学から派遣された医師で多く構成されていた。私が大学病院の次に勤務したところだ。

頬が深く切れていた。綾芽本人は、転んだはずみで食卓の茶碗にぶつかり、茶碗が割れて切ったと言った。どんなぶつかり方か想像できなかったが、そのときは深く訊かなかった。

私は彼女の手術を行った。なにかで皮膚を切った場合、一般に切り口がまっすぐなほうが美しく治りやすい。茶碗で切ったという切り口は波打っていたが、私は腕に自信があった。術後の回復も順調で、なにもなかったかのような状態になった。

「花沢先生、すごいです。ありがとうございました！　神様か天才じゃないですか？」

もうこれで治療の必要はないでしょうと診察室で告げると、綾芽が嬉しそうに言った。整った顔立ちだったので、本人の喜びもひとしおだろう。当時、綾芽は二十一歳。既に結婚し、子供もいた。

「綺麗に治ってよかったです。ところで湯口さん、あなたはよく転ぶのかな」

私がそう言うと、綾芽はしばらく考え込んだ。

左頬は抜糸後もガーゼの下で大事に保護していたようだが、右の眉（まゆ）の上に新たな傷ができていた。なにかで擦れたようなものだ。ぶつけでもしたのか、少し腫（は）れている。

「あ、ええこれは、ぶつかったんです」

「なにがですか？」

「なんだっけ。……ああ、扉。扉が半開きで、ガーンと。ここも縫うんですか？」

気まずそうな顔で綾芽が笑う。

「その必要はないけれど、皮膚の表面が剝けている部分を陽に当てると紫外線のせいでシミになるから、同じようにガーゼなどで遮断したほうがいいですよ」

「またですか？　かっこ悪い」

「かっこ悪くても一時的なものでしょう。シミになるよりいいはずですよ」

「……でも変に思われるしなあ」

「変に？　誰から？」

綾芽が立ちあがった。そそくさと手荷物を引き寄せる。

「子供です。ママ、大人なのに変だよ、って。じゃあありがとうございました」

綾芽が診察室の扉を開けて、すばやく出ていった。

はた、とそこで気がついた。家族は夫と子供ひとりと聞いている。預けられなかったのか病院に連れてきたこともあったが、まだ二歳ほどの子供だ。そんな大人びたことを言うはずがない。誰に不審がられたくないのだろう。近所か？　親戚か？　ただの怪我ではなく、暴力でもふるわれたのだろうか。だとしたら、誰がやったのだ？

私は形成外科の部長にそれとなく相談してみたが、患者のプライバシーに関わるのはどうかと言われてしまった。治療は終わっていたので、綾芽も来なくなった。

次に彼女を見たのは半年ほど後だ。診た、ではなく、見たのだ。小児科病棟の廊下で。入院中の患児を病室に診にいったとき、綾芽の子供がストレッチャーで運ばれていった。そばに、腕を包帯で巻いたガラの悪そうな男がいた。夫だろうか。

すれ違ったときに、綾芽は私に気づいた。目を合わせたくないのか、すぐにうつむいた。

スタッフに訊ねると、子供の行先は霊安室だという。死因は事故による脳挫傷らしい。今なら怪しんで警察に通報しているのではないか。

何ヵ月かののち、綾芽がまた私の診察室を訪れた。左手首の傷を消せないかという。以前はなかったものだ。

「なにか困っているなら相談に乗りますよ。たとえばご主人のことなど。場合によっては公的機関などへの紹介もします」

「困ってなんて全然……。彼は関係ないし。ええ、……別れたんです」

綾芽は多くを語らなかったし、私も訊かなかった。手首の傷は綺麗に消えた。私の腕のよさばかりでもないようだ。傷痕の消えやすさは患者によって違う。いわゆるケロイド体質の患者は、痕が残りやすい。ちなみに桜子も傷が綺麗に消えるほうだ。リストカットの痕は私が適切に処置をして、残っていない。

左手首だけでなく、綾芽の身体にあったいくつかの傷痕も私は消していった。ほとんどが、最初の処置の悪さのせいで残ったものだ。治療費を気にする綾芽のために、こっそりと低い診療報酬点数に付け替えもした。そう、綾芽と私は恋人関係になっていたのだ。桜子とはまだ出会っていないころだ。

そんなとき、大学の恩師から縁談がきた。しかも相手は恩師のお嬢さんだ。

正直、迷った。綾芽のことは好きだったし、自分が守ってやらねばとも思っていた。だが、恩師の娘とは比ぶべくもない。恩師は私に目をかけてくれているのだ。

なぜひょろしくお願いしますと返事をして、私の両親も呼んで正式に挨拶をすることとなった。あとは綾芽と別れるだけだ。別の病院への転任も希望した。大学の系列病院は多くある。

「花沢くん、きみはなにをやっているんですか」

それから少しして部長から声がかかったとき、なんの話かわからなかった。「患者のプライバシーに関わるのはどうかと言いましたよね」とそこまで告げられて、綾芽のことだと気づいた。

「申し訳ありません。でもちょうど別れたところです」

まだ話を切りだしただけで別れてはいなかったが、私は嘘をついた。

「別れたって、誰と誰がですか」

「……え？」

「人妻ですよ、湯口綾芽さんは。ご主人から連絡がありました。この病院の医師は患者を手籠めにするのかと、脅すように。怖い雰囲気の方ですね。対応したものが泣いていました」

そんなばかな。

不倫男という噂が瞬く間に広がり、縁談の話は消えた。綾芽を問い詰めると、「別れたけれど、籍を抜くのに苦労している」と言う。

本当だろうか。突然の別れ話に腹を立てた綾芽が、夫を差し向けたのではないか。恩師の顔に泥を塗り、病院にもいられなくなった私は、その後、今勤めている美容外科に拾ってもらった。腕を見込んだと言われて奮起し、売り上げにもかなり貢献した。支店を増やす手伝いもした。

だが私の運命は、あのとき大きく変わった。


綾芽と再会したのは、九年前だ。

私は銀座のクラブで飲んでいた。一緒にいたのは美容外科に機材を卸(おろ)していた業者で、むこうの接待だった。

私はすでに桜子と結婚し、大志も生まれ、思い描いていた未来とは違うものの、満足していた。そろそろ一国一城の主になりたいと思っていたころで、勤務する美容外科では私を離したくないと言いつつ、あそこの駅前にクリニック向きの物件があるとか、こちらはうちとバッティングするからやめてくれとか、思いのほかオープンにアドバイスをくれていた。真摯に仕事をしてきたおかげで、信頼を得ていたのだ。

先生の話をしたら会いたがった女の子がいますよと言われ、やってきたのが綾芽だ。

「花沢先生。その節はお世話になりました。お元気そうでなによりです」

なにをお世話されたの？ まさかアヤちゃんって。

そんなからかいの声に、綾芽は答えていた。昔、彼氏にDVを受けて顔に怪我をしたの、リストカットの痕も手首に残ってて、でも花沢先生が綺麗にしてくれた、見て見て全然わからないでしょ、先生の腕は一流よ。――夫が彼氏にすり替わっているが、他はあったままだ。

あったままでもないか。私たちの関係は語っていない。

トイレに立って戻るときに、綾芽がするりと寄ってきた。

「本当におひさしぶりです。会えるの楽しみにしてたんですよ」

なにをしれっとして、と小さな怒りはあったが、幸せの中にいた私は、他人にも鷹揚だった。成功している自分を見せてやりたいという気持ちもあった。

「湯口さんこそどうなさっていたんですか。その後、ご主人のご機嫌はいかがです？」

身体に沿った服を着てピンヒールを履いた綾芽が、うふふ、と意味ありげに笑った。

「今、京本です。もう別れました。あとで運転免許証、お見せしましょうか」

「運転免許証に既婚かどうかなんて書いてないでしょう」

「そうでしたっけ。でも住所から調べられるでしょ」

綾芽が耳元で囁く。私は身をよじって、その息を逃れた。

「なぜ私がそんなことをしなくてはならないんです。私と一緒にきた男から聞いてませんか？　私は結婚しています。面倒はごめんなんですよ」

「その面倒をおかけしたから謝りたいんです。なにも昔のようにというわけじゃないの。お詫びにお食事でもというだけ」

先生の腕のよさも宣伝してあげる、ちょっとした顔のお直しをやりたい友だち、沢山いるんだから。

そう言われて、食事だけならいいかという気になった。自分の病院の客として想定していたのは、小金を持っている女性やセレブなマダムの類だったが、水商売の女性も顧客として有望ではないだろうか。

綾芽は夫と別れ実家に戻ったが、なかなかいい仕事がなく別のクラブで働いていたところ、スカウトされてこの店に入ったという。話せない部分を端折っている気はしたが、わざわざ訊ねて親しくなるつもりもない。店のノルマがあると頼まれて何度か同伴したが、私も先を見据えてのこと、いわば営業活動だ。

ある日、ノルマが厳しいから今度こそ来てと、泣きつくような電話が入った。

プライベートがバタついて、私は連続して約束をキャンセルしていた。申し訳なく思ったので今度は必ず行くと答えた。綾芽は店が終わってからもつきあうよう要求してきた。

「淋しいの、花沢先生。あたしこのまま、ひとりで生きていくのかと思うと、淋しくて淋しくてたまらないの」

そんな陳腐なセリフで、裏道で抱きついてきたのは綾芽のほうだ。私にその気はなかったし、以前の騒動も忘れてはいない。綾芽の手をほどいた。酔っていた綾芽がそれでも抱きついてくるので、つい身体を押した。

綾芽は尻もちをつくように転んで、痛い痛いと大きく悲鳴を上げた。

そこまで痛いだろうかとも思ったが、私が押したのはたしかだ。慌てて助け起こそうとするも、綾芽は座ったまましばらく動かない。

「救急車を呼ぼうか」

「要らない。タクシー呼んでよ。帰る。やだ肘、血が出てる」

肘なんていつ擦っただろう。綾芽がようやく立ちあがったのであちこち身体を見てみたが、他に怪我はないようだ。

「明日先生の病院に行くから、絶対綺麗に直して」

そう言って睨んでくる綾芽をタクシーに乗せた。

しかし翌日、綾芽に会うことはなかった。義父が危篤状態に陥ったのだ。そのまま帰らぬ人となり、葬儀やもろもろを済ませてやっと顔を合わせたとき、綾芽はすっかり臍（へそ）を曲げていた。そして慰謝料を請求してきた。肘の擦傷に、百万円。店を休んだ分の給料も含んでいるという。そんな理由で仕事を休む人間がどこにいるのだ。

手切れ金のつもりで支払った。二度と関わるまいと思った。百万円など安いものだと、そのときは思った。

ほどなく私は知る。義父が死んで、開業資金調達の当てが消えたと。綾芽のせいではないだろうが、疫病神のように感じた。


ガタっ、と棺のそばで音が鳴り、私は驚いて身を起こした。

なんのことはない。居眠りをした私が足元の盆を蹴っただけだ。やるべきことをすべて終え、私はほっとして眠り込んでいた。

時計を見ると、午前三時だった。骨になるまで、あと九時間。

疫病神ともお別れだ。

三年前、三度目に綾芽が現れたとき、私は逃げた。

そのころ綾芽がどの店に勤めていたのかは知らない。だが銀座の店を、金銭トラブルで辞めたことは聞いていた。私と同じように、なにかしら理由をつけて金を取られた客が複数いたようだ。一夜を共にしたら怖い男が文句をつけにきたという、美人局まがいのこともあったようだ。――まがいではなく美人局そのものだ。せっかく暴力的な夫と別れたのに、また似たような男を選ぶとは。

悪評などそ知らぬふりで、綾芽は患者としてやってきたのだ。希望する手術は加齢対策、皺取りだ。その程度のものは私が対処する必要はないと、他の医師に任せた。

大志が死んだのはその直後だ。

そんな偶然などない。くだらない。けれど、もしや大志の死は綾芽のせいなのではと、彼女と遭遇した自分のせいなのではと、妄想に侵食されそうになる。それが恐ろしい。

私は桜子を責めていない。自分自身を責めてもいない。ただどうにも、桜子と心が通じない。傷ついた桜子を救えない。

桜子のことを愛している。大志がいなくなっても桜子に対する思いは同じだ。なのに、桜子は自殺を図る。何度も、何度もだ。

私の気持ちを試しているのだろうか。私になにか当てつけているのだろうか。さっぱりわからない。

わからないまま、壊れた桜子と過ごす日々だった。二年半近くが、ただ経った。

私を慰めようと同僚医師が誘ってくれた街で、二軒目で彼らと別れ、家に帰りたくなくてふらりと寄った店に綾芽がいたときには、笑ってしまった。

逃げればよかったのに、そうできなかったのは私自身の弱さだ。毒を食らわば皿までと、私は酔いに任せて綾芽を抱いた。

今度はどんな災厄が降ってくるのだろう。今以上の地獄などあるのだろうか。

やけな気持ちとともに待っていた一週間後、とあるニュースが私の耳に飛び込んできた。

「――二日前、××町の繁華街において女性が殺害された事件で、警察は同じ店に勤める京本綾芽、四十一歳を重要参考人として手配したと発表いたしました」

同僚のホステス同士の争いだという。綾芽は被害者の金を奪って逃げているようだ。他にも金絡みの問題が多かったらしい。

災厄をまき散らしてきた綾芽も、年貢の納め時となったようだ。

しかし綾芽はなかなか捕まらない。警察も懸命の捜査だとは聞く。一度は綾芽らしき人物を職務質問しようとしたが、逃げられたそうだ。警察が私の勤務する病院に綾芽の治療記録を調べに来たこともあった。誰かにかくまわれているのではと、世間ではそんな噂も立っていた。

私も気になってしばらくはニュースを追っていたが、そのうちやめた。

自分の生活で精一杯だったのだ。大志を忘れるため、桜子のことを考えないようにするため、仕事に没頭した。しかし家に帰れば、毎日機嫌の変わる桜子が待っている。桜子はいつなにをやらかすかわからない。

そして数ヵ月前のあの日、私たちは口論になった。桜子は、二度目の踏切自殺をしようとしていた。前回と同じく、ぼんやり佇(たたず)んでいたところを保護されたのだ。

「いいかげんにしてくれよ。どれだけ近所の人に迷惑をかけていると思うんだ」

「……近所がじゃなく、あなたが迷惑なんでしょう？」

「迷惑という言葉がきつかったなら、すまない。訂正するよ。でもずっと踏切のそばで立っていると、警察に電話してくれたんだ。心配してくれたんだよ」

「違う。あなた自身が迷惑だと思っているんでしょ。おねえさんからも言われた。しゃんとしなさいって。わたしは死ぬふりをしてるだけだって」

「死ぬふり？」

「そう。ふりですって。わたしがなかなか死なないから。もうつきあいたくないと思ってるのよ。面倒なのよ。迷惑なの。そうでしょ？」

面倒とも迷惑とも思わないようにしてきたが、死ぬふりをしている、とは思っていた。オーバードーズにせよリストカットにせよ、助けられることを前提とした度合いのものだった。踏切自殺も硫化水素自殺も、一線を越える前に留まっている。確実に死にたいなら、私なら高いビルからの飛び降りを選ぶ。もしくは首吊り。

ふと、桜子の首元に目が向いた。風邪気味だった桜子は、スカーフを巻いていた。桜子もまた私の視線に気づいた。

「……ええ、そうね。これなら死ねるかも」

桜子は首のスカーフをほどいて左右を交差させ、自らの両手で引っ張った。

「馬鹿はよしなさい。息が止まる前に腕の力がなくなる。死ねるはずがない」

「死ねるわよ。一方をどこかにくくりつけて」

「やめなさい」

私は桜子の腕をつかんだ。

「やめない！ やめない！ わたしは死にたいの。大志のところに行きたい。そう思ってるのに死ねないのよ」

「よせって」

桜子が私の手に、スカーフを絡めてくる。

「殺して。あなたが殺して。わたしを助けて」

「勘弁してくれ。おまえ病気なんだよ。病院に行ってちゃんと薬を飲んで」

「病院に閉じ込めるの？ 閉じ込めないで。死にたい。ここで死なせて。大志のいた家殺して、殺して、と桜子のその声が消えたとき、私の手にはスカーフが、目の前には桜子の死体があった。

私はそういう風に覚えている。そのはずだ。

けれど綾芽は違うと言った。私が怒りの表情で桜子の首を絞めていた。……そのようすを、庭にいた自分はリビングの窓から目撃したのだと。

窓を叩く音に、桜子の死体をぼんやり見ていた私は、文字通り飛び上がった。

レースのカーテンの向こう、室内の灯りを受け、綾芽の笑顔が浮かんでいる。

「入れて。花沢先生」

私は首を横に振った。

「入れてってば。入れてくれないと、警察に通報しちゃいますよぉー」

そう言われてなぜ入れてしまったのだろう。私の頭はまともな思考ができなくなっていたのだ。殺人犯として追われている綾芽が、警察に通報できるはずがないのに。しかし綾芽に目撃されたことはたしかだ。

門扉の鍵はかかっていなかったという。庭が広く、道路からは塀と植栽が目隠しとなっているので、普段から薄いカーテンしか引いていなかった。

「すごいなあ、花沢先生。あたしが持ってきたネタ、一気に価値が下がっちゃった。どうするんですか、これ」

　綾芽が、気味悪そうに桜子を見下ろす。

「これなんて言うな」

「ごめんなさーい。でも、事故じゃ済ませられませんよ。首絞めたんだもの」

「きみには関係ない」

「そうかなあ、関係あることになると思う」

「なにを言っているんだ。きみこそ、……人を殺したんだろ。なぜうちを知っている。なにをしに来たんだ」

「いっぺんに聞かないでよ。えーっと、まず、だから、ネタを使おうと思ったのよね。やっと。やっと、で合ってる？」

　綾芽が見せてきたのは私の写真だ。裸で、ベッドにあおむけで寝ている。我ながら蛙のようで無様だ。ただまさに「直後」といったようすだった。

「撮ったのか、……あのとき。この間の、あの」

　充分考えられることだった。銀座の店でも似たようなことをしたと聞いたのだから。殺人事件を起こさなければうちに来て、金を毟り取るつもりだったのだ。

「どうしてこの家を知っているかの答えは、もうわかるでしょ？　病院に行っても相手にしてくれなそうだから、調べたの。すぐわかったよ。大きな家だし。でもそのまえにトラブっちゃって。今まで苦労したわあ」

「よくもまあ逃げ続けていたな」

「そろそろ限界かも。それでここに来たわけ」

「いくら……、必要なんだ？」

「お金だけじゃ逃げられないってわかったのよ。花沢先生に顔を変えてもらわなきゃって。でも先生とはいろいろあったから、警察がようすを見てるかもしれないでしょ？ほとぼりが冷めるのを待ってたの。そしたら、ふふっ。まさかこんなことになってるなんて。あたしって強運の持ち主ね」

「わかった。作り変えてやる。女優で言うならどんな顔が望みだ？」

えー？　と大げさに綾芽が笑う。

「わかってないじゃない、花沢先生」

「おはようございます。本日は十時から葬儀となります。受付は三十分前を目安にしていただきまして――」

午前九時に、葬儀場のスタッフが挨拶に来た。柚子一家も、もう控室に揃っている。

あと三時間。やっと終わる。綾芽の身体が骨になる。

綾芽はあれ以来、桜子として生活してきた。逃げることを考えなくてもよい暮らしを手に入れたのだ。

もちろん、顔だけ変えればいいというものではない。桜子と同じく引きこもって生活する必要があった。だがそれは、周囲と交わらずに済むということだ。買い物は通販で、必要なら私が買ってくる。大志が死んでからの暮らしと変わらない。

身長や体格は、桜子とほぼ同じだった。血液型も、ABO型式までは同じ。問題は声だ。柚子たちと話をすると怪しまれる。なにかあったら、風邪を引いて喉を痛めていると答えるよう言い含めた。だが、その必要はなかった。柚子とのやりとりは二日に一度のLINE。心配はしてくれているようだが、これまでのこともあってか、それ以上は関わってこなかった。

「定期連絡は欠かさないようにしてるから。基本中の基本よ」

妙に自信のある口ぶりで、綾芽は言った。

桜子は、庭に埋めた。

彼女が大好きな桜の木のそばだ。墓標代わりに小さな石を置き、納骨の際に分けてそばに置いていた大志の遺骨も、桜子に抱かせた。

それを見た綾芽は、センチメンタルねと笑っていた。

「ま、あたしも二十年前に子供を死なせたとき、つい手首、切ったけど。若かったなあ」

ぎょっとして顔を見ると、綾芽は口を滑らせてしまったという表情になった。

「あたしのせいばかりじゃないわよ。六割以上あの男の責任。なにより、事故だし」

「き……、きみは夫の暴力を受けていたんじゃないのか？」

「受けてたわよー。あたしも殴ったからお互いさまだけど。ふたりして怪我してばかりで、周りは変に思ってたかもね」

お互いさまだって？　そう言われてみれば、一度だけ見たことのあった綾芽の夫は、腕に包帯を巻いていた。この女、嘘を塗り重ねて生きているんじゃないか。

恐ろしくなり、私は自分の寝室を彼女に提供している部屋から一番遠くに移した。その部屋に鍵も追加した。高級腕時計のコレクションがあるのだ。綾芽は、私が留守の間、我が物顔で家を使っていた。酒を飲み、テレビを愉しみながら。もはや、誰が家の主かわからない。

それでも平穏な生活だったように思う。長くは続かなかったが。

クレジットカード会社から電話がきた。今までにない買い物をしているがだいじょうぶかと。綾芽に使われていたのだ。高級食材はともかく、家にいるのになぜ必要なのかと思うほど、鞄や靴、服、宝石などのブランド品が買われていた。通販がほとんどだったが、実店舗のものもあった。

私は綾芽を問い詰めた。外に出ているのか、と。

綾芽の答えは、当然じゃない、のひとことだった。顔を変えたのだからだいじょうぶだ。加えて、今までの桜子が持っていない服を着て桜子らしからぬ化粧をしているので、桜子とも思われず、怪しまれやしないと。

綾芽はその際の遊興費も、カードキャッシングや、カードで買った品物を転売して得ていた。ただごとでない額だった。

やがて同僚の医師が綾芽を目撃した。桜子と瓜二つの女性を銀座で見たと。元気になったのかと。人違いだとごまかしたが、もしも柚子と遭遇したら。勇樹や茉莉だったなら。きっと入れ替わりに気づかれる。

「じゃああたし、海外で暮らす。花沢桜子のパスポートで。それならまず会わないでしょ。どこがいいかな。ハワイ？　ニューヨーク？」

「日本人は山ほど来る。生活費はどうするんだ」

「この家、桜子のものなんでしょ。売れば一生分の生活費になるんじゃない？　うふっ、花沢先生、あたしを追いだそうなんて思わないこと。大変なことになるからね。忠告したよ」

やっと、私は決心した。この女を殺すしかないと。

午前十時。僧侶が入場し、読経がはじまった。再度、焼香を行う。順々に、よどみなく。そして出棺となる。

綾芽を殺す計画も、ひとつずつ、よどみなく準備を整えた。

桜子は何度も自殺を図っていた。柚子、近所の住人、消防署員に警察官と、全員が証人だ。遺書は必要ないだろう。

方法は、硫化水素自殺だ。材料は桜子本人が手に入れていた。以前自殺を目論んだときに、捨てればよいのに私は保存していた。桜子が書いた「硫化水素発生中」の紙まで残っている。心のどこかで、本物の桜子を殺そうと思っていたのだろうか。

持てる知識を使って、トイレの床からある程度の高さまでのガスしか発生しないよう、量を計算した。家も庭も広いが、自分自身の安全と近所への配慮だ。確実に綾芽を仕留めなくてはならないので、彼女には横たわってもらう必要がある。アルコールに睡眠薬を混ぜることにした。桜子が以前貰った睡眠薬だ。そのふたつを同時に飲んで、病院に運ばれたこともある。

「硫化水素発生中」の紙は前回と異なり、トイレと玄関の扉の、二枚貼ることにした。家の中まで入らずに通報するためだ。私は見本にして何度も練習し、桜子の筆跡を真似た。幸い、桜子は極太ペンを使っていた。筆圧がわかりづらい。

アリバイが必要だった。病院のスタッフの女性の中から、近所に住むものを探した。隣の駅なので少し迷ったが、防犯カメラのないアパート住まいで、駅までの通勤用に自転車を持っていて、失恋して間もないことが決め手となって荻野に決めた。親しくなる機会も逃さなかった。

荻野には、申し訳ないことをしたと思っている。関係を持ったのは、私の計画のためだ。辛い思いをさせた。もしも彼女が望むなら、このまま関係を続けてもいい。

私は車で荻野のアパートに行き、恋人としての時間を過ごし、睡眠薬を使って眠らせ、荻野の自転車で家に帰って綾芽を殺して、再び自転車でアパートに戻る。そういう計画だ。

荻野のアパートから家に帰ると、綾芽はリビングにいて、つけっぱなしのテレビの前で寝ていた。テーブルにはワイン。私は別のグラスにワインを注いで睡眠薬を融かし、うつろに目を開けた綾芽に飲ませた。私が飲ませたことがわからぬよう、このグラスはあとで洗っておく。

綾芽の目が、大きく見開かれた。

私のはめている手袋に気づいて悲鳴を上げる。

「なにを飲ませ……」

「残っていたからもったいないと思っただけだよ」

綾芽は返事をせず、立ちあがった。吐きだそうというのか、キッチンのほうへと一歩進む。足がもつれて、倒れた。変なところに傷をつけたくない。わたしはそばに寄った。

「……あたしを、殺すつもり？　あ……。あ、誰か……」

叫ぼうとしているようだが、舌が縺れるのかうまく言葉が出ない。

「妄想だよ。落ち着きなさい」

「殺す……、あたしを？　……ふ、ふっ、うふ」

綾芽がなぜか笑いだす。目の焦点が合っていない。頭がおかしくなったのだろうか。もうすぐ眠るはずだが。

「後悔、する。……あたし、殺したら……、やめて。……ふ、ふふふ、破滅するよ」

それが最後の言葉だった。

ぐったりした綾芽をトイレに運んだ。綾芽の指を使ってテープを破り、「硫化水素発生中」の紙を貼る。洗剤の容器にも指紋をつける。指紋がまったくついていないと怪しまれる。よもや死体が桜子ではないと疑って、指名手配された綾芽のデータと照合させることはないだろう。横たえた綾芽のそばに、ワイングラスと薬のシートを置く。こちらも綾芽が取りだしたように、指紋を忘れずに。便器の中に洗剤を入れた。引き戸タイプのトイレの窓は開けておく。トイレの扉を閉め、内鍵に連動する溝をコインで回して施錠した。

家の外に出て、外から開けられるものは、閉めることもできる。

家の外に出て、トイレの窓から介護用のマジックハンドを使い、時間調節のため水溶性フィルムにくるんだ入浴剤を便器に落とす。硫化水素は空気より重いが、即座に窓を閉めた。念のため医療用マスクと酸素吸入器を用意していた。

窓のクレセント錠がかけられないことには目を瞑るしかない。下手な細工をして怪しまれては元も子もない。桜子には度重なる自殺未遂の過去があった。加えて私には、アリバイが。

自転車で荻野のアパートに戻ったとき、彼女はまだ眠っていた。私が一晩中、近くのコインパーキングに車を停めていたことはデータに残るだろうし、目撃者もいた。警察はなにも疑わなかった。

そうしてこの葬儀の日を迎えた。

さあ、出棺だ。

骨になってしまえば、綾芽が桜子になりすましていたことなど、わからなくなる。

火葬炉に、棺が入った。

柚子が茉莉と抱き合って泣いている。私も神妙に頭を下げる。

骨になるまで一時間ほどかかるという。雨が降っていて、昇っていく煙はよく見えない。

あたしを殺したら破滅するよ。その言葉は私の耳に残っていて、桜子が一時期、大志を亡くした交通事故で骨にスクリューを入れていたことを、葬儀場とのやりとりで思いだした。桜子の身体にないものが、綾芽の身体にあっては大変だ。そこで昨夜、金属探知機を持ち込んで確かめることにした。案の定というべきか膝下に反応があり、切開してみると過去に骨折でもしたのか、骨を止めたプレートが見つかった。用意した道具で取りだしておく。綾芽が仕掛けておいた罠は無事回避したぞと、私は胸をなでおろした。

やがて小さな壺に、綾芽の骨は納まった。千度で焼かれた、DNAも分解された骨が。

一連の儀式が、やっと終わった。

柚子が、大志の遺影にも挨拶をしたいと言いだし、葬儀の帰りに私の家に寄ることになった。

「やだ。なにこれ。……泥棒?」

門扉が開いていた。庭先に置いた椅子が軒並み倒れている。

「公人くん、ホームセキュリティ会社と契約していたよね。アラーム通知は来なかったのかい?」

将が言う。まず頭に浮かんだのは、香典泥棒だ。けれど香典の管理は将に頼んでいた。

柚子があたりを見回しながら庭へと入ってきて、訊ねる。

「門扉も玄関も暗証番号で開ける形式よね。番号、漏れちゃったの?」

「そんなことは……。番号を知っているのは」

答えながら、綾芽の顔が浮かんだ。綾芽には教えざるを得なかった。綾芽が誰かに知らせたのだろうか。――誰に？

「警察に連絡しましょう。あ、そのまえに、盗まれたものを確かめないと」

「ママー、玄関開いてるよー。うわー、いろいろめっちゃくちゃでひっくり返ってる」

茉莉が興奮したようすで大声を出した。まだ泥棒がいるかもしれないからこっちに来なさいと、柚子が注意する。

私は家に飛び込んだ。綾芽が出入りしていたリビングにはたいしたものを置いていない。自分の寝室に向かう。綾芽はもういないと、鍵はかけていなかった。

引き出しが開けられていた。高級腕時計のコレクションが根こそぎなくなっている。カード類もない。

綾芽は、外に、誰か、……誰か男でもいたのか？　カードキャッシングも大量の買い物も、ただごとでない額だったと思いだす。

私は過去へ過去へと記憶を探る。……殺人犯として逃げている間、誰かにかくまわれているのではという噂。……美人局のときに出てきたという怖い男。……私が綾芽と別れようとしたら、病院を脅してきた夫。

もしや、あの夫とは切れていなかったのではないか。別れたことにしたほうが都合がよいと、籍だけ抜いて嘘をついていたのでは。なにしろ綾芽が私に語ってきたことは、嘘ばかりだ。

妙に自信のある口ぶりで、綾芽は言っていたではないか。

『定期連絡は欠かさないようにしてるから。基本中の基本よ』

あれは柚子への連絡だけでなく、そいつへの連絡も、ではないだろうか。綾芽からの連絡が途切れたそいつは、最後に盗めるだけ盗んでおこうとやってきたのでは。

防犯ビデオを確認しなくては。防犯ビデオ、……綾芽は解除の仕方を知っていただろうか。その誰かに、教えていただろうか。

「公人さん、ちょっと」

柚子が、部屋の扉のそばから呼ぶ。真っ青な顔をしている。

「FAXのところで、これを、紙を……、見つけた。送信のほうの口に入っていて。えっと、つまり、こっちから送ってるわけ？」

印字された文字の一部が、私の目に飛び込んでくる。

——桜の木のそばに、花沢桜子の死体が埋まっている——

私はその紙を奪ってFAXに駆け寄った。液晶パネルを押し間違えながらも、送信履歴を確かめる。番号の末尾は、……110。

「……どういうこと？　ねえ……、桜子は」

サイレンの音が聞こえた。綾芽の哄笑（こうしょう）が重なる。

あたしを殺したら破滅するよ、と。

警察は、聴覚障害者等が緊急通報できるようFAX110番というものを用意している。電話の代わりにファクシミリで110番通報を行うものだ。番号の末尾は電話と同じく、110になっている。

綾芽が、そいつに依頼しておいたのだろうか。万が一があったときは、と。

千度で焼かれた綾芽の骨から、DNAは検出できない。けれど桜子は、埋めただけだ。

DNAは分解されていない。

骨になっても、桜子なのだ。

03

わずかばかりの犠牲

女性の手がやっと封筒から離れた。と思ったが、皺だらけの指先がすり抜ける寸前で留まる。

「あの、うちの子が本当に……」

戸惑いの声が絞りだされる。右手の親指と人差し指が封筒にしがみついたままだ。奪い取ってはいけない。

「私は代表弁護士からお金を預かるよう言いつかってきました。ご不安な点でも」

「あ、えっと、そうですよね、そういうお話で。ただその、警察のほうは」

封筒をとおして、諒の指に女性の震えが伝わる。

「ええ。息子さん――山口太郎さんは痴漢行為で既に逮捕されています。警察が証拠を固め次第、太郎さんの身柄は検察へと移されます。いわゆる送検ですね。この段階までいけば間違いなく裁判となります」

「証拠……。そ、そう、証拠は？　だって太郎が痴漢なんてするはずが」

「お電話をした段階ではわかっていませんでしたが、太郎さんのてのひらから、被害者女性の衣類の繊維が検出されています。充分すぎるほどの証拠で、ことは一刻を争います」

ショックを与えれば思考が止まる。相手の判断力を低下させるためには有効な手段だ。女性が、膝の力が抜けたかのようにふらついて前へと倒れた。諒は両手で女性を支える。

「だいじょうぶですか？」

「はい。い、いいえ。太郎が」

「おまかせください。我々が警察を止めます。代表弁護士は警察への太いパイプを持っています。同時に、お預かりしたこちらで、被害者女性への示談も行います。余ればお返ししますよ」

諒が女性の目を見て、ほほえむ。春風のよう、と女子から評される笑顔だ。年配とはいえ相手も女性だ。きっとうまくいく。

女性が、お願いしますと頭を下げた。

封筒は諒の手に渡った。連絡をお待ちくださいと告げ、諒はタクシー乗り場へ向かう。

彼女、彼らと会うのはいつも、客待ちの車がいる場所だ。スマートフォンを見るふりをして背後を確かめ、タクシーに乗る。

もう会うこともないだろう。

封筒を代表弁護士――ではなく原田(はらだ)に渡して十万円を受け取った諒は、駅のトイレでスーツを脱いだ。チノパンにTシャツ、上着代わりのコットンシャツを羽織る。ムースでまとめていた髪をくしゃくしゃと手櫛で崩し、眼鏡とビジネスバッグをコインロッカーに預けていた大型のバックパックに詰め込む。

諒は、どこにでもいるような大学生に戻った。誕生日を迎えたばかりの二十二歳。一浪一留ゆえまだ二年生というのは、どこにでも、と言えるかどうかわからないが。

今ならまだ、四時限目に間に合う。

しかし諒は、大学へは向かわなかった。駅前のパン屋でハーフサイズのフランスパンを買い、新緑の眩(まぶ)しい公園へと進む。

噴水のある人工池に臨む、等間隔で並んだベンチに目を向けた。ベビーカーを前にした女性が数名、缶コーヒーを飲むスーツ姿の中年男性がひとり、ノートパソコンを膝に置いた同世代の男性がひとり、互いのテリトリーを侵したくないとばかりに距離をおいて座っていた。諒もまた、彼らと離れて座る。

フランスパンをちぎり、人のいないほうに撒(ま)く。鳩が寄ってきた。

諒がこの公園で鳩に餌をやるのは五度目だ。金が入った封筒を受け取るのも五度目になった。

はじめて封筒を受け取ったときにふらりと寄って以来、習慣になっている。あのときの気持ちは、諒自身、いまだにうまく説明できない。踏み込んではいけないところに踏み込んでしまった恐れ、今にも追っ手がやってきそうな不安、いや、自分がまとったものを、本来自分がいる世界に連れてきてはいけないという感傷。いずれにせよ、ひとことで言えば興奮していた。食べそこなったパンが鞄に入ったままだと思いだしたのは、そんなさなかだった。昼食用に買ったものの、これから自分の犯す罪を考えると胸が苦しく、鞄に押し込んだのだ。食べれば少しは落ち着くかと思ったが、手が震える。喉が詰まる。ちぎればなんとか口に放り込もうとして、地面に落としてしまった。

すぐに鳩が寄ってきた。数羽でパンきれをつつき、取り合う。パンがなくなっても鳩は暢気そうにひょこひょこあたりを歩いている。諒は再び、手元のパンをちぎった。放り投げてやると、瞬く間にパンが消えていく。

怯えを、鳩が呑み込んでくれたような気がした。

どんなパンでも、彼らにとってパンはパン。生きるために、目の前にあるものを食べる。

どんな金でも、金は金。自分は金を必要としているのだから、仕方のないことなのだ。一年分の学費が約百万円、なぜこんなに高いのか文句のひとつも言いたいが、要るものは要る。相手は、百万や二百万もの金が数時間で用意できる人たちだ。わずかばかりの犠牲ではないか。施しととらえてもらおう。

諒はそう思い、開き直った。自分が施された分、なにかに施しをすべきだと考えた。だから今日も、鳩に餌をやっている。

「パンだけでは、栄養が足りないそうだね」

老人が、諒に話しかけてきた。

「そうなんですか?」

諒は笑顔で答える。諒がこの老人と会うのは三度目だ。

一度目は、諒がやってくる前からベンチに座っていた。しきりと頬をこすっているようすが目に留まった。どうやら剃り残しの髭を気にしているようだ。視線が合い、いい天気だね、と声をかけられて、そうですね、と返す。それだけだった。諒が立ち去っても、老人はまだベンチにいた。二度目もまた、老人はぼんやりと座っていた。パンを撒く諒に、なにをしているのかと訊ねてきて、餌やりだと知って感心したような表情をした。まだ話したそうだったので、諒はなんの気なしに、あなたはなにをと訊いた。老人がべらべらと喋りだす。午前中は病院、午後はテレビが中心の生活だが、なるべく外出を心掛け、スーパーマーケットが安売りをはじめる夕方までここで過ごし、割引になった魚を焼き、副菜は青菜を買って自分で作る。ひとりになって十年、慣れたものだと胸を張った。

ひとり暮らしだなどと、見ず知らずの相手に告げては危ないのではないか。諒はそう感じ、伝えた。老人は驚いたように目を瞠り、それもそうだありがとう、と節くれだった両手で諒の手を包んできた。

ほんの小一時間前に、別の節くれだった手が、諒の手を握ったばかりだった。息子のことをどうかよろしくと、力を込めてきた手だ。その感触を思いだした諒は、つい振りほどいてしまった。すぐに失礼だったと思い直し、驚いてしまってと謝る。老人も、突然すまなかったねと頭を下げ、そそくさと歩き去った。

諒はそのときのことを、少し申し訳なく感じていた。

今日も老人はいるだろうか。公園に足を踏み入れたとき、諒にどこか期待するような気持ちがあった。自分のほうが先に来ていたようだ。

「ネットで調べてみたんだ。鳥の餌には、木の実なんかがいいらしいね」

老人が言う。

「ネットですか」

「そうだ。不思議かね？　私がネットを使っていては」

老人がスマホを掲げてみせる。

「いいえ。で、なんの栄養が足りないんですか」

「そこまでは書かれていなかったな。ピーナッツも好んで食べるらしい。だから脂質かな。蛋白質かもしれない」

脂質と蛋白質はともかく、ピーナッツの塩分は鳥には悪いのではと、諒は思った。パンの生地にも塩分は含まれていると、姉は言っていたが。

「見るかね」

諒の前に、スマホの画面が向けられた。そこまでするほどでも、と諒は首を横に振る。鳩を飼うわけではないのだ。

「息子は結婚が遅かったから、孫はまだ中学生なんだ。かわいいぞ」

鳩の話かと思ったら、孫の話に飛んでいた。老人は今日も、話し相手に飢えているようだ。これも罪滅ぼしだ、と諒はベンチから腰を上げて、身体を一方にずらす。どうぞと促すと、老人は空いたスペースに座った。

老人は何度も同じことを話すと耳にするが、彼はそんなこともないようだ。ただ、話が突然飛び、情報量が多い。諒は十分ほどの間で、笠井耕介という老人の名と八十という年齢、住所と、息子一家が仙台に住んでいることまで知った。孫とよく、スマホのビデオ通話アプリで話をしているという。先日は新しいサッカーシューズをねだられたそうだ。息子はひとり暮らしの笠井を心配して同居を呼びかけてくるが、彼自身は慣れた土地を離れる気はないという。食事に気をつけ、散歩や軽い運動をして、読書で脳も鍛えて、もうひとがんばりするのだと笑っていた。

「きみのおじいさんやおばあさんはお元気かね。私と同世代ぐらいだろうか」

笠井が訊ねてくる。諒は苦笑した。

「もう、祖父ひとりしかいませんね。それも施設の中です。俺の顔もわからない」

そうか、と笠井がすまなそうにうなずく。

「これぱかりは順番だ。私も妻に先立たれた。しかしご両親はさぞご苦労だろうね」

「そっちのふたりもいないんで。一昨年交通事故でいっぺんに。笠井さんも、車には気をつけたほうがいいですよ」

笠井が絶句していた。

諒は少しばかり、意地悪な気持ちになる。そうだよ、世の中あんたみたいに、幸せに生きてる人間ばかりじゃない。わかったか。

悲しみは、遠くにいってしまった。今、両親に感じているのは、俺の人生を狂わせやがってという静かな怒りだ。本当だったら今ごろ、翌年の就職活動に向けて準備を始めているだろう。彼女と楽しくデートもしているだろう。そのくらい親がいなくてもできると言われそうだが、諒は昨年度、生活のためにバイトに明け暮れて講義に出られず単位を落とし、留年をした。年上の彼女にデート代を任せていたら、彼女が社会人になったタイミングで、見えている世界が違うとふられた。

施設にいる祖父の面倒を見ているのは伯父夫婦だ。頼れない。四歳年上の姉がいるにはいるが、結婚して子供が生まれたばかり。互いに自分のことで精一杯だ。

笠井もまた、百万や二百万の金が数時間で用意できる人間なのだろう。諒はそう思った。

姉の結婚に関して、諒は複雑な思いを持っていた。

両親が死んだ二年前、一軒家の借家住まいだったので、姉と一緒にアパートの小さな部屋に引っ越した。両親が遺したわずかな貯金と生命保険は葬式や引っ越し費用で目減りし、残りは姉と分けた。姉は建設機材の会社に勤務しており、自分の分を将来のための貯金にした。諒の分は、入って間もない大学の、卒業までにかかる学費に充てることにした。残りの三年分とほぼ同額だったのだ。ただし一年分ごとの定期預金にして、姉が管理することになった。諒が計画的に使っていけるとは思えないからと言う。そのかわり日々の生活は、姉が面倒を見てくれた。

半年ほど前に突然、姉の妊娠と結婚でその暮らしが変わった。姉は結婚相手と社宅に入り、諒はひとりになった。家賃の補助はしてくれたが、食費や光熱費は奨学金からの、諒の自己管理だ。自由な生活を満喫しているうちに、またたく間に金が尽きた。慌ててバイトを増やした結果が、今の状況だ。

奪った金を渡す相手、原田とは、バイトを増やしたころに再会した。原田から話しかけられたのだ。

高校時代の先輩だ。同じバスケ部だったが、印象は薄かった。

諒のバイト先はパーティルームだった。結婚式の二次会などで使われる貸切中心の飲食店だ。原田は、友人の式の二次会で来ていた。しかし居心地が悪いようすで、たびたび喫煙ルームに行ったり、バーカウンターでスタッフの女性を相手に話し込んだり。そのうち諒に気づき、懐かしそうに表情を輝かせた。原田は大学を中退し、現在はフリーターだという。二次会の出席者は、高卒で就職したものも大学を卒業して就職したものもいたが、全員が正社員として職を持っていて、話が合わないらしい。

そのときは高校の部活の話をして、連絡先を交換する程度だった。

だが春前に留年が決定し、金銭面から大学を中退して就職するかどうか、迷ったときに原田の顔が思い浮かんで相談した。そのころバイト先のパーティルームが潰れたせいもある。

「大学は続けるべきだ。就職ったって、大学も高校も世話してくれないんだぞ」

原田は強い調子でそう言った。

「でも限界だと思うんですよね。また新しいバイト先も見つけなきゃいけないし、そうすると勉強する時間が足りなくなって。なにしろ、先立つものがない」

居酒屋の薄いチューハイを、諒は一気に飲む。

「親が遺した金、もうないのか？」

「三年分の学費、ギリギリだったんで。二年次の分は去年納めて、残り二年のはずが、三年分になっちゃって」

「だったら今年と来年の分はあるよな」

「その次がゼロじゃ、どっちにしても足りません。一年で約百万ですよ。最後の年に卒業できなくなって中退するより、今中退のほうがマシでしょ。俺、一浪してるから他の連中と歳の差がついてるし、二年分の学費もセーブしておける」

なるほどね、と原田が息をつく。

「姉さんに頼めないのか？　金は姉さんと分けたんだろ？　出世払いで返すとか言って」

「留年したって知られたら、殺されますよ。うちの姉、超しっかりものですから。学費の定期預金も、許可がないとおろせない。本人の結婚式だって、妊娠中だからやらなくて済むとか言っちゃって。旦那さんの両親は、せめて式ぐらいと残念がってるんですけどね」

「しかし大学続けるにせよ辞めるにせよ、いずれ知られるだろ」

「気が立ってないときに知らせるしかないです。どうも、この間の健診でなにかの数値が悪かったみたいで、今、苛々（いらいら）してんですよ。頭の中は当分、子供のことばかりだ」

予定日は間もなくだ。子供が生まれたらまた物入りだろうと、諒は思った。もしも子供が病気がちであれば、姉の体調が悪くなれば、さらに金がかかるのだ。

考えれば考えるほど、頼れない理由が見つかる。悪い想像ばかりしてしまう。

すみませーん、と隣のテーブルから声がかかった。

「間違えてふたつ頼んでしまってー。一緒にどうですか？」

そう笑顔で誘ってきたのは、若い女性のふたり組だった。原田が腰を浮かす。諒は手を挙げて止めた。

「ごめんなさい。そういう気分じゃないんです」

諒の言葉に、女性が鼻白んでいる。

「なんだよ諒。オレだけ行っちゃうぞ」

原田が笑う。すかさず女性が言った。

「こちらこそすみません。失礼でしたよね」

女性たちが背を向ける。原田の表情が苦々しくなった。肩をすくめて小声になる。

「こんなかわいいアタシたちをふるなんてバカじゃない？　なんて悪態つかれるぞ」

「知らない人になにを言われようと、どうでもいいですよ。見え見えのナンパ仕掛けてくるような子じゃないすか」

諒はもう、女性たちを見もしない。

「あれ？　諒ちゃんそういうスタンス？　他人は関係ない？」

「ないです。今は自分のことしか考えられないですよ」

「じゃあ姉さんは？　姉さんは自分じゃないよな。他人？」

「姉は、姉ですよ。どっちとも言えない。親代わりだけど、迷惑はかけられないし」

「向こうは親だとは思ってないだろうけどな」

諒は、原田の顔を見つめた。

「そりゃあ、俺もハタチ過ぎてるし」

「違う違う」

原田が意味深な笑顔を見せる。

「超しっかりものの姉さんって言ってたよな？　そのしっかりものの姉さんが、腹ぼて結婚するっておかしくないか？」

「できたものは、しょうがないでしょ」

「計画的じゃないの？　おまえの世話が嫌になったんじゃね？　って話」

「なに言ってんですか」

「おまえ、ひとり暮らしになったとたん好き勝手して金がなくなったんだよな。親が死んでから今まで、なにを見てきたんだよ。姉さんは働いた金、計画立てて使ってたんだろ」

「まあ……、そうだけど」

「お灸を据えるいい機会だと思ってたりして」

「そんな理由で子供を作るわけがないですよ」

諒は笑い飛ばした。姉と結婚相手の交際期間は長い。いつ子供ができてもおかしくなかった。結婚相手のほうも事情はあっただろう。

原田の言うことは当たっていないと思うが、それでも、心の中で似たようなことは感じていたのかもしれない。少なくとも、見捨てられたような気分にはなった。生活費が底を突いたときに姉に泣きつかなかったのは、だから諒はダメなのよ、と毎度の文句を言われたくなかったからだ。

笑顔を作りながらも気持ちの沈む諒に、原田が顔を近づけてきた。

「オレの仕事、手伝わない？　他人は関係ないって言っちゃえるなら、できると思うな」

そうして諒は、他人を騙（だま）す仕事に就いた。

六人目のカモは、男性だった。

諒は、俗にいう受け子、呼びだした相手から金を受け取る役目だ。銀行などで特殊詐欺防止の取り組みが進み、大金を振り込ませることがむずかしくなった。現金を送らせるとこちらの住所の情報が残る。直接会って金を受け取り、すぐ姿を消すという、アナログな方法が一番だと原田に説明されていた。打率は高くない。あなたのお子さんが、または夫が、事故を起こしました。為替をなくしました。痴漢で捕まりました。そんな電話をかける人間、いわゆる掛け子は別にいるという。だが大半は怪しまれて電話を切られる。罵倒されたり、こちらの情報を得ようとするかのように電話を引き延ばされることもある。約束した場所に来ない奴もいる。テレビで、ネットで、さんざん注意喚起がされているのだ。だがそれでも引っかかる人間はいて、彼らのおかげで諒たちの仕事は続いている。

やってくるのは老人が多い。情弱、と最近はそういう言葉もある。情報に弱いという意味だ。思考力が鈍っているのだろう。落ち着いて考える、冷静になる、という行動が、年を取ると苦手になるものが多い。

諒の目の前にいる男性、古谷はまさに、落ち着くことができない人間のようだ。笠井と同じ歳ごろ、八十前後といったところか。太めの身体をせわしなく動かし、終始焦っていた。諒が近寄ると飛び上がりそうになり、汗を拭いていたタオルを落とし、ひとめにつかないところに誘導しようとしたらつまずきかける。

焦っている人間もまた判断力が落ちる。騙しやすい、いい相手だ。

だが古谷はオーバーアクションで声が大きかった。時間がかかれば周囲の注意を引いてしまう。諒は早口になった。警察へのパイプをもっていることを通りすがりの人に知られてはいけないのだと、声のボリュームを落とさせる。

やっと、金の入った封筒を受け取る段までいった。

と、そこで古谷が手を滑らせた。封筒が落ちる。中の札が散らばる。

「いかん、お金、お金」

古谷が大声を出す。

騒ぐな馬鹿。バラで持ってくんなよ。封筒の口も留めておけ。

叫びたい気持ちを抑え、諒は札をかき集めた。通行人に見られていただろうか。古谷の言葉をなんだと思っただろう。振り向いてあたりを確認したかったが、余計に怪しまれるかもしれない。

諒は急いでタクシーに飛び乗った。古谷がなにかに気づいたように追ってきたけれど、窓の外に見えるその姿は、やがて小さくなった。

そろそろ辞めどきかもしれないと、諒は電車の中で考えていた。

タクシーはいつも、駅を見つけ次第すぐに降りる。ふだん使う路線もなるべく避けて、できるだけ遠回りをして帰ってくる。せめてもの自己防衛だ。

受け子は、特殊詐欺を仕切っている人間からすぐに切り捨てられる存在だ。カモに顔を晒(さら)している。受け渡しの場所に警察が張っている可能性もあるだろう。諒が受け子の役しか与えられていないのも、捕まったときに他の人間に累(るい)が及ぶのを防ぐためだ。だが自分が逮捕されれば、この仕事に誘い込んだ原田も無事では済まないはずだ。

金を渡しながら辞めたいと話したが、原田は、またまたあ、と相手にしてくれない。

「でも今日は本当に危なかったんだよ。警察でモンタージュを作られたら、アウトかも」

「そのために変装してるんだろ。今度は付け髭とか用意しておけよ」

「まじそろそろヤバいって。俺が引っぱられたら先輩も引っぱられるだろ？ その上はどうなってるわけ？」

この詐欺の中心となっているのが原田かどうかも知らない。諒は聞かされていなかった。

「諒が引っぱられたからって、なんでオレが？ まさかおまえ、オレを売る気？」

原田が顔を寄せてきた。口元は笑っているが目は笑っていない。

「……売るわけないじゃん。だけど警察に拷問とかされたら」

「拷問？ バカ言うなよ。日本の警察はそんなことしないって。オレ、おまえのこと信じてるからな。ただそうだな、おまえの言うことも一理ある。少しペースを落とすか」

原田は封筒の中から五万円を出した。諒に渡す。

「少ないよ、これじゃ」

「ペースを落とすって言ったろ？　残りは次までの間、食いつなぐための経費だ」

「取り分は、受け取った金額に応じてって話だったろ？　俺が一番リスクの高い仕事を引き受けてるんだし」

「だったらひとりでやってみろよ。相手を見つけて、電話をかけて、その気にさせる。お膳立ての全部がリスクと隣り合わせだ。名簿を手に入れるのも大変だ。あいつら、コレもんの連中とも取引があるんだぜ。一番のリスクはそこ、オレのほうだって」

コレもん、と言いながら、原田は指先を頬に滑らせる。反社会的集団、暴力団のことを匂わせているようだ。

逆に言えば、原田はそういった集団には属していないということだろうかと、諒は少しだけ安心した。

「お互いの立場を尊重しあおうってことだよ、な？」

原田が肩を叩いてくる。

「もちろんそっちの立場も、わからないでもないけど、……だからこそ潮時を見極めるべきでしょ。捕まったら元も子もない」

「わかったわかった。ともかくペースは落とす。また連絡する」

原田はそう言って、駅の改札へと歩いていった。

諒はため息をつき、コインロッカーへ向かう。着替えなくては。

いつものようにパンを買って公園を目指す。

入り口近くで、男性が諒にぶつかりかけた。はみ出して停められたスクーターを避けて大回りしたようだ。手を挙げて謝っていく。

続けざまのトラブルに諒は不安を覚えたが、噴水の近くにはいつもと同じ光景が広がっていた。ベビーカーを前にした女性たちがお喋りに興じ、スーツ姿の中年男性はベンチでぼんやりとしている。別のベンチでは、キャップを被った少年がスマホをいじっている。

あの老人、笠井はどこに？　と諒はあたりを見回す。笠井は、少し離れた木陰で誰かと話をしていた。

相手は諒と同じか、より若い男性だ。サイズの合わないスーツを着ていた。笠井は困ったような、乞うような表情で、男性を見上げている。

ふだん、笠井は荷物を持たない。財布とエコバッグをズボンのポケットに入れ、買い物はそれを使うと言っていた。今日は、そのエコバッグを腕にかけている。目立つ朱赤だ。

笠井がエコバッグから封筒を出した。A4サイズほどの封筒。少し膨らんでいる。

まさかあれって。

「おじいちゃん、元気だった？」

おかしい、と思うと同時に諒は声が出ていた。笠井と男性のそばへと駆け寄る。

笠井が驚いた表情で振り返る。男性が怯む。迷惑そうに眉根を寄せていた。右の眉の上にあるほくろが目立つ。

「誰？　知り合い？　やあきみ、こんにちは」

諒はおかまいなしに男性に話しかける。

「なんだあんた。関係ないだろ」

「そんなことないよ、おじいちゃんとは顔見知りなんだ。……で、おじいちゃん、この人、誰？」

ええっと、と笠井が口籠る。男性の表情を窺い、次には周囲を見て、困惑している。手には封筒を持ったままだ。ひったくられてはいけないと、諒は笠井の手首を持って、それごとエコバッグの中に突っ込んだ。

諒はなお続ける。

「きみ、名前は？　職業は？」

「なんだよいきなり。そういうおまえは誰なんだよ」

男性の顔がこわばっていた。これはアタリだ、と諒は確信する。

「俺は原田。警察だ。……って言ったらどうする？　あー、あんたも警察だっけ？　それとも弁護士か？　それにしては若いけど」

「なあきみ、原田くん。放っておいてくれないか。これは私の問題なんだ。いや、息子の——」

笠井が口を挟む。

「交通事故を起こしたとか？　会社の金を失くしたとか？　さっきの封筒、お金ですよね。だめですよ、騙されちゃ」

「そんなことはない」

「息子さんに電話をかけてください。もしもケータイを失くしたとか番号が変わったって連絡があったんだとしても、元の番号に」

その瞬間、男性が諒の胸を押した。諒はよろける。男性が走った。振り向かずに、一目散に。笠井が声をかける。

「待ってくれ、ちょっと！」

笠井が追っていきそうだったので、諒は止めた。

「だめですよ。詐欺っすよ、あれ。逃げたのが動かぬ証拠だ」

「しかしね、原田くん」

「すみません。それ、俺の名前じゃないです。とっさに出ただけ。詐欺師に名前を言いたくなかったので。それより息子さんに電話して」

笠井が困惑の表情のまま、スマホをポケットから出す。諒から距離を取った。

ふいに噴水が上がった。その音で、笠井の声がかき消される。聞き耳を立てているようで気まずくなり、諒はベンチのあたりを眺めた。中年の男性はこちらを見ていたのか、あからさまに視線を逸らしている。ベビーカーの集団はなにも気づかなかったようで、笑顔で話をしている。キャップの少年はもういない。

笠井の電話は短く終わったようだ。近づいてくる。バツの悪そうな表情を見るに、やはり詐欺だったようだ。

「ありがとう。助かったよ」

「いいんです。なんかヤバそうだなって思ったんで」

「よくわかったね。私はすっかり信じ込んでしまった。気をつけなきゃなあ」

「スーツが、着慣れていない感じだったでしょ」

諒も最初はそうだった。原田から借りたのだが、サイズも合ってなかったので。サイズが違い、まったく馴染んでいなかった。これでは怪しまれると思い、入学式で着た自分のスーツを使うことにした。

いざ逃げるとなれば捨てるはめになるかもしれないのでもったいなかったが、背に腹はかえられない。

「すごいな。そんなこと全然気づかなかったよ。若い子は観察力があるね」

「たいそうなものじゃないですよ。ピンときたってだけ」

「ふうん。ところできみ、原田くんじゃないなら、なんていうの？」

諒は少しためらった。だが隠しておくのは不自然だ。

「柄本です。柄本諒。大学生です」

「ありがとう、柄本くん。本当にありがとう。いやあ、正直、歳だな。知り合いに、騙されて首まで吊った人がいたのに」

ぎょっとした。だが、笠井のこの無用心さから見て、最近のできごとではないだろう。自分とは関係ないはずだ。

「そ、それは大変ですね。そうならなくてよかった」

「まったくだよ。お礼をしなくてはな。夕食をごちそうするよ」

諒は蕎麦屋に連れていかれた。なんだ蕎麦か、とがっかりしたが、蕎麦屋にも格があるのだと、諒は初めて知った。高級なわさびは生だとは聞いていたが、木の板のようなおろし金に首をひねった。鮫の皮だと教えられ、扱い方を手ほどきされた。つまみに出てくる天ぷらはもちろん、卵焼きでさえすこぶる美味しい。やはり老人は金を持っているのだと思った。ふだんの食事は特売品で済ませていても、贅沢な場所を知っているのだ。

二軒目に行こうと言われて、どんなところに案内されるんだろうと思っていたら、笠井はカフェに入っていった。かわいい雑貨や観葉植物に囲まれ、客も女性グループやカップルばかりで、諒は、八十歳の老人と一緒では場違いだと感じた。

「落ち着かないんすけど、なんか」

「こういう場所は初めてか」

「そうじゃなくて」

「紹介したいんだ、孫に。親切な子と知り合ったってな」

水を運んできてくれた女性を、笠井が見上げる。

髪をショートカットにした、同世代の女性だった。体型はスリムで、切れ長の目もクールだが、はじめまして、の声を聞いて外見とのギャップに驚いた。舌足らずでかわいらしい。

「メールでお話は伺いました。おじいちゃんを助けてくれてありがとう」

「いえ……。誰にでもできることをしただけだから」

真っ直ぐ見つめられて、諒の胸が跳ねる。

「そんなことないですよ。ほら、振り込み詐欺に気づいて声をかけた人、表彰されるじゃないですか。新聞で見たことあります」

「そうなの？　誇っていいかな」

「はい。行動に移せる人、尊敬します」

女性が微笑む。諒はあたふたと水を飲んだ。

注文を受け、女性は遠ざかった。笠井が諒を見て笑っていた。

「息子さんは仙台にいて、お孫さんは中学生だって言ってませんでした？」

諒の声がうわずってしまう。

「内孫はな。外孫は、あの子だけがこちらに出てきた。友里(ゆり)というんだ」

諒にはよくわからなかったが、後継ぎに連なるのが内孫で、外孫とは結婚などで他の家に行ったものの子を指しているという。次男坊の息子である自分は祖父にとって内なのか外なのか、判断に迷ったが、そんなことはどうでもいい。

友里は魅力的だった。クールな見かけも、かわいい声も。


原田は言葉通り、ペースを落とすことにしたようだ。諒への連絡が途切れた。受け子の仕事がないなら、公園に行く理由もない。だが、諒は今日も公園に行く。笠井と会い、買い物の手伝いをして、彼の家で一緒に夕食を作る。友里もたびたび顔を出す。彼女の勧めるカフェに出向けば手っ取り早いのだが、それでは友里が目当てだと見え見えだ。金もかかる。実は夕食代は笠井持ちなのだ。その分、諒は庭木の剪定(せんてい)などの力仕事を手伝っているからいいはずだ。将を射んと欲すればまず馬を射よ、だ。

「どうして一緒に住まないんですか？　ご自宅は広いし、ふたりのほうが安心でしょ」

あるとき諒は訊ねた。そうだなあと、笠井が言葉を濁す。

「楽だからな、お互い。友里だって若い女の子だ。ボーイフレンドを連れ込みたいときだってあるだろう」

いきなりとんでもないことを言うな、このエロジジイは。と諒は驚いたが、当たっているのかもしれないと思った。なにしろ友里は、夜、自宅アパートの近くだというコンビニまでしか送らせてくれないのだ。一緒に住む誰かがいるのかもしれない。

「友里さんの彼氏って、どんな人です？」

諒が恐る恐る質問すると、笠井がにやけた笑いを浮かべた。

「冗談だよ。恋人はいない。この間も、友だちに彼氏の話をされて羨ましいと言っていた。アタックしてみるか？　え？」

カマをかけられたのだ。そのまえから、見透かされていたのだろう。

「協力してやろう。任せておけ」

笠井が言う。馬は無事射ることができたが、悪手を打たれて将に逃げられても困る、と諒は不安を覚える。

やがて友里がやってきた。お茶を飲んでお菓子をつまみ、今日の仕事の話をしている。

友里は諒の三歳下だ。高校を卒業後、カフェで働いているという。

「そうだ、写真を撮ってやるよ。友里とツーショットの。自撮りだ。ほら並んで」

笠井がスマホを取りだした。友里が笑う。

「いきなりね、おじいちゃん」

「自撮りって自分で撮ることですよ。笠井さんが撮ってくれるなら自撮りじゃない」

「そうか。まあいいさ」

笠井が目配せをしてきた。諒は苦笑する。写真のデータは笠井が転送してくれた。


写真が手に入ったからといって、それだけでは仲など発展しない。なにか次の一手を、と諒が考えていたところに連絡があった。

友里ではない。原田からだ。しかも大学まで押しかけてきた。

「諒、なにしてくれたんだ」

原田の顎から頬にかけて、青と赤の痣が浮いていた。

「なにって、なにが?」

「おまえ、邪魔しただろ。公園で、じいさんから金を受け取ろうとしてた奴のことを」

諒はすぐに返事ができない。原田が続ける。

「名簿の話、したことあったよな。ヤバい連中とも取引のある業者だって。そいつらの案件だったんだよ。おまえ、公園でオレの名前出しただろ。そのせいで、手繰られてバレた。結果、これだ」

諒の目の前に、原田が左手を突きだしてくる。小指に分厚く包帯が巻かれていて、諒は血の気が引いた。渇いた喉に、絡みつくような声が出た。

「……それって、あの」

「ついてるよ、まだ。落とされる寸前で、上の人間らしき奴が止めてくれた。けど相当出血してな。じくじく痛いよ」

原田がじっと、諒を見つめてくる。

俺は知らない、は通用しないだろう。どんな言い訳をすればいいのか。諒は黙って、原田の次の言葉を待つ。

原田も諒の動きを待っているのか、なにも言わない。

校門のそばでふたり、睨(にら)みあう。道路からスクーターの音が聞こえた。

原田が小さく息をついた。やっと口を開く。

「金を、……まず金を、持ってこいと言われた。連中に」

「いくら?」

「三百万だ。手にするはずだった金だそうだ。期限は明日の夜」

「明日? 冗談だろ。用意できなかったら、どうなる?」

「身体で払えってさ」

「……殺されるってことか？　簀巻きにされて海に、とかいう」

「そんな無駄をするかよ。売れるものを売るんだよ。肝臓とか腎臓とか、ありったけ」

遠くで、笑い声がした。講義に向かう学生たちの声だ。

諒は、現実がどちらにあるのかわからなくなった。いや、どちらも諒にとっては現実だ。

「ぼんやりしてんじゃねえよ。オレを巻き込んだのはおまえなんだぞ」

「巻き込んだ？　でも」

原田が誘ってこなければ、肝臓だの腎臓だのなんて話を聞くことさえなかっただろう。最初に巻き込んだのはどちらだ。

「おまえが連中の邪魔をしたせいだろうが。そもそも、なんでそんなことしたんだ」

「知り合いだったんだ。カモられてた老人が」

「だったらそいつに払わせろ」

「無理だよ、そんな。理由……、理由がないじゃないか。赤の他人に金を出させる理由が。交通事故にしても痴漢にしても……、身内じゃない。それに詐欺と知った以上、同じ手で騙される人はいない」

「正直に言えばいいだろ。助けたばっかりにそっちの詐欺グループから脅されました。

内臓売られますって」

「警察に通報されるだけだ」

「ただ知り合いってだけで、おまえ、邪魔したのか。バカかよ」

諒も今は、バカだったと思う。だがつい、声をかけてしまったのだ。なぜと言われてもわからない。自分が根っからの悪人ではないからだ。正義感とのバランスを取ろうとして、ふいと、天秤の皿が動いたのだ。

「今までの稼ぎがあるんじゃないか？」

諒は訊ねる。どれほど経費がかかっているか知らないが、かなり稼いできたはずだ。

しかし原田は首を横に振る。

「取られたに決まってるだろ。邪魔をしたことに対するけじめをつけろってさ。入るはずだった金とは別だと言いやがる。あとはおまえと姉さんが持っている、親の金ぐらいだ」

「姉さん？　そんなの無理だよ」

「泣きつけよ。殺されるって」

「留年のことだって、まだ言ってないし」

原田が笑いだす。

「頭の中、お花畑なのか？　大学どころじゃないぞ。まず金、ってさっき言ったよな？

プラス、オレたちにヤバい連中の下で直に働けとさ。やることは同じだろうって。けど、別の土地に行かされる」

「別の土地？」

「どうやら最近、警察か弁護士が嗅ぎまわっていて、やりにくくなってたらしい。当然捜査はされてるんだろうけど、近くでオレらと連中の両方が動いてたから、目立ったんだろう。稼ぐ土地を変えるそうだ」

「でもああいう人たちって、シマがあるんじゃないの？　簡単に別の場所なんて」

「だから使い捨ての人間が欲しいんじゃないか？　どっちにせよ、とにかく金だ」

逃げよう、と諒は思った。金を取られ、大学も行けず、知らない土地で働かされるなら、どこかに逃げたほうがマシだ。だが原田が、その考えを封じてくる。

「掛け子の野郎、逃げたんだ。そしたら実家に火ぃつけられた。やったのは連中だ。俺は教えただけ。実家の場所、知ってたからな」

原田が、スマホから記事を出して見せてくる。放火のニュースだ。怪我人も死者もいないようだが、つい昨日あった、隣の県のできごとだった。その連中が、逃げたらこうなるぞと、これみよがしにちらつかせたという。

「……本人はどうなったんだ？」

「知るかよ。つーか、まだお花畑にいるのか？　オレの言ってる意味わかるよな。オレは姉さんが金持っていることも、おまえに似て美人だってことも、知ってるんだ」

なぜ、姉に留年したと話さなかったのか。なぜ、姉に学費の相談をしなかったのか。あのとき姉に話していればこんなことにはと、悔いが頭を巡る。だが一刻も早く、しかし姉の機嫌を損ねないようにと、諒はまずスマホにメッセージを送った。電話をかけたいので時間の都合はどうか、と。なにしろ相手は、生まれて間もない赤ん坊と一緒だ。諒とて今の姉が、娘の舞の生活サイクルに支配されていることを知っている。思い知らされている、が正確なところだが。

一通、二通、三通、四通。何度送っても、メッセージの脇に既読の文字が出ない。待つのに耐えかねた諒は、電話をかけた。いくらコールしても、出てくれない。勘弁してくれ、と思いながらまた、二回、三回。その後、話し中になった。

仕方がない、と諒は直接出向くことにした。電車に乗ると、やっと姉からメッセージが戻ってきた。

――うるさい、バカ。今かけてくるな。

姉の普段の言葉づかいとはかけ離れた文章に、諒は驚いた。超しっかりものの姉だが、金はケチってても文章はケチらない。姉の機嫌はかなり悪いようだ。育児疲れで精神の安定を欠いているのかもしれない、とも思う。

それでも頼るしかない、と諒は次の駅でいったんホームに降りた。電話をかけるためだ。

「舞が大変なの。いっくん、早く帰ってきて！」

つながったとたん、姉がいきなり叫んだ。いっくんとは、姉の夫だ。どうやら姉は、夫からのものと間違えて電話に出たようだ。

「ねえさん？　俺。俺、諒。話が――」

「諒？　諒あんた、かけるなって。も、邪魔」

「あ、待って切らないで！」

「あとにしてよ。舞が熱を出して」

「なにも言わずに金を貸してくれ！」

「はい？　なんて言った？」

「だから金、金だ。わけは聞かずに、金を」

ぎゃあああ、と断末魔の叫びのような声が、受話口から聞こえてきた。

「お金がなんですって？　ごめんね舞、だいじょうぶよ。だいじょうぶだからね」

泣き声は続いている。むしろ大きくなった。反対に、姉の声が遠くなった。姉は、スマホから離れているようだ。しかし引くわけにはいかない。諒は大声を出す。

「三百万だ、三百万円。払わないと殺される」

ホームにいた客がぎょっとしたようすでこちらを見るが、かまっていられない。

「姉さん、聞いてよ。姉さんってば、三百万を」

「悪い、諒。今から病院。お金は振り込んでおく」

「本当？　恩に着るよ、姉さん」

「来月分と合わせて振り込むから、無駄遣いしちゃダメよ。じゃあね」

おい待て。今、正しく伝わったか？　三百万って、聞こえていたのか？

諒はそう思って再度電話をしたが、またも話し中で通じない。全然終わらないのでメッセージを送ったが既読がつかない。次につながったときには、電話が公共モードになっていることを告げる音声ガイダンスになっていた。社宅まで行ったがいない。出かけた病院がどこかもわからない。手詰まりだった。

のちにATMで、諒は念のため確かめた。姉から振り込まれていたのは家賃の補助分だった。

振り込みの確認を行う前に、諒は原田に連絡をした。もう一度誰かを騙そうと。自分たちふたりで掛け子をやろう、金が取れそうな相手をピックアップしておいてくれ、と。

風邪薬のせいで朦朧としたまま社用車を運転していたら、窓が黒塗りになった車とぶつかった。出てきたのはいかにもそのスジの男で、相手の車と会社の車、両方の修理代と相手の治療費が要る。しかも相手の車には妊婦が乗っていた。具合を悪くして病院に駆け込んだが、正妻には内緒の女性らしく――、と、諒は思いつく限りの要素を盛り込む。翌日までかかってなんとか釣り上げた相手に、相談した弁護士が金を取りに行くと告げた。

そして諒は待ち合わせの場所に出向いた。今回は原田も近くで見ていて、なにかあったらサポートしてくれるという。

やってきた女性は、六十代ほどだ。

そわそわと周囲に目を走らせている。

話しかけると、妙に平坦な声が返ってきた。交通事故を起こしたと言ったのに、息子の無事について訊ねてこない。諒はわざと、息子当人の怪我には触れないでいた。たとえば血圧が高いとか既に捻挫をしていたとか、持病や突発的なトラブルを抱えていた人かもしれないので、具体性を避けていたのだ。

しかも女性は、左手のビルの車寄せのあたりに何度も視線を向けている。これはヤバいのでは、そう感じた。

「お金ですよね？　お金を取りに来たんですよね、三百万円」

「あ、はい」

怪しいと思っていたのに、女性に問われた諒は反射的に答えてしまった。

とたん、女性が左手のビルに顔を向ける。

しまった、と諒が思ったのと、気づかれた、と車寄せの陰にいた誰かが思ったのが同時だったようだ。諒が駆けだす。相手——スーツを着た男性も駆けてくる。

タクシー乗り場は、車寄せの脇にあった。使えない。車道のそばを走りながら、諒は手を挙げた。が、タクシーが通らない。

原田はなにをしているんだ。あの男の邪魔をしてくれ。いや、どこかでタクシーを調達してきてくれ。諒はそう願う。

サイレンの音が聞こえた。パトカーだ。

まさか、原田は捕まったのか？　諒は不安を感じながらも懸命に駆けた。

地下鉄への階段を見つけた。降りる。地下街だった。走りながらスーツの上着を脱ぐ。丸めてシャツの下、腹の部分に押し込む。これで外観が変わるはずだ。ネクタイも外し、投げ捨てる。

ようやくたどり着いた改札から逆方向の地下鉄に乗った。どこかで乗り換えて別の路線を経由してから戻ろうと思う。

乗り換え駅で原田に電話をかけた。出ない。

二度目の乗り換え駅で、やっと出た。

「突然走りだすから、どうしたかと思ったよ。パトカーが来たから、オレも逃げたけど」

原田の声は暢気そうだった。思わず、怒鳴る。

「どうしたかもなにも、見てたならわかるだろ。サポートしてくれるって話だったよな」

「そっちこそ、急にいなくなったらサポートのしようがないだろ」

むっとしたようすが受話口から伝わってくる。自分が痛めつけられた仕返しとばかりに、必死に逃げる俺を嘲笑(あざわら)っていたんじゃないだろうなと、諒は疑心暗鬼になる。

「あんだけ走れるなら、金奪って走れよ」

原田が、なお続けた。

「奪えるわけないだろ。封筒はまだ鞄の中だった」

「出すまでうまく話をつなげってことだよ。どうすんだよ、金」

「知るか!」

諒は電話を切ってしまった。乗り換えの電車がやってきて、飛び乗る。

ついキレてしまったが、次の手を考えなくてはいけない。諒は、どうにか気持ちを立て直した。といっても期限は今夜だ。頼れる人間はひとりしかいない。

笠井耕介。

もともと、あのじいさんを助けたのが窮状の始まりだ。金だって持っている。

だがどうやって話を持っていけばいいのか。本当のことを言えば友里にも軽蔑される。

なんとか傷を小さくする方法はないものか。金を渡したあとはどうなるだろう。どこかへ飛ばされるというが、友里には今のうちに気持ちを告白したほうがいいのだろうか。

諒はそんなことを考えながら、笠井の家に向かった。

目の前の信号を渡ればそろそろというそのとき、ふいに強い光に照らされた。警察か？ それとも例のヤバい連中か？ と焦ったが、向かってきたスクーターのライトだった。すでにあたりは夕闇で、そんなことも気づかなかったのかと諒はため息をついた。

ほどなく笠井の家に到着した。買い物に出ているかもしれないと思ったが、外灯がついている。

「こんばんは、柄本です。ちょっとお願いがありまして。お邪魔してもいいですか？」

インターフォンに話しかけると、どうぞ、と笠井の声がした。

いつもの居間に通されてすぐ、諒は土下座をした。

「お金を貸してください。三百万円。お返しするあてはあります。姉と連絡がついたら、必ず返します」

「どういうことだい、いきなり。お姉さんと連絡がつかないだなんて、なにがあったの?」

笠井が目をしばたたいている。

「姉と連絡がつかないのは、姪が病気だからです。あ、でもたいしたことはなくて、落ち着いたらだいじょうぶです」

舞の具合はわからないが、金が返せないと思われてはいけないのでごまかした。親が遺した金を姉が持っていて、それを借りるつもりだったが、期限が今夜なので一時的にお願いしたいだけ、と諒は強調する。

「こんなことを言うのは心苦しいんですが、以前、俺、笠井さんが詐欺に遭いかけたところを止めましたよね。そのときうっかりと、先輩の、原田って人の名前を名乗ってしまって。ちょうど彼のことを考えていたせいで、本当に、ただ口を滑らせて」

「あ、ああ」

「もちろん笠井さんは関係ないんですよ。だけど詐欺グループの人間が、ヤバい連中で。原田先輩を見つけだしてリンチして、手に入るはずだった金を持ってこいと」

えー? と、笠井がのけぞった。

「手に入るはず? なにを言っているの。図々しいにもほどがあるよ」

「そ、そうですよね。俺もそう思います。だけど常識の通じる相手じゃないんですよ」

原田から言われたことを、原田のようすを、諒はそのまま伝えた。

「でもどうして見つかっちゃったの？　原田って人、柄本くんと似てるの？」

「に、似てます」

さほど似てはいないが、そう答えるしかない。

「だとしても、若い男の子で名前が原田、その条件でその先輩を捜しだすなんてことできるの？」

諒は次の言葉をためらう。いろいろ考えたものの、ここが、なぜ詐欺グループが原田に行きついたかが、一番のネックだった。うまい言い訳が見つからない。嘘をつくときは本当のことを多少混ぜなくては信じてもらえないという説にすがり、原田を犠牲にすることにした。自分を巻き込んだのは彼だ。危ない名簿をつかまされたのも原田自身なのだ。

「俺も知らなかったんだけど、原田先輩は一度詐欺グループの仕事を手伝ったことがあったらしいんです。そ、その、仕方なく、なんですが」

「仕方なく？　なんなのそれ。詐欺をすることのどこが仕方なくなの」

案の定、笠井の声が険しくなる。諒は、笠井の次の言葉を封じるように叫んだ。

「女の子を庇ってです！　先輩の友人の女の子がヤバい人に騙されて、その子を助けるために仕方なくです。先輩は決して悪人じゃないんです。情に厚い人なんです。両親を亡くした俺の支えになってくれた恩人でもあるんです」

「けれど、ねえ……。だからってどうして、柄本くんがお金を用立てる必要があるの？」

「原田先輩、さんざん痛めつけられて、最後の最後に、詐欺を邪魔したのは俺かもしれないって、俺の名前を喋っちゃったんです。もちろんそれは仕方がないことです。いくら知らなかったとはいえ、俺がうっかり先輩の名前を出したのが悪いんだから。でもそれで俺もそいつらに、弁償しろって言われて。姉との連絡がつかない今、頼れるのは笠井さんだけなんです」

笠井が考え込む。やがて、よし、と言った。

「警察に行こう。その原田って子も保護してもらおう。警察だって詐欺グループを捕まえられるんだから、喜んで保護してくれるよ」

常識的にはそちらを選ぶだろう。だけどだめなんです、と諒は抵抗する。

「もう遅いんです。原田先輩はそいつらに捕まってるんです。金を持ってこないと返さないって、臓器を売られるって。人質なんです。だから俺、今からそこに行かないと」

「そんなの脅しだよ。警察が来たら一網打尽だ」

これを見て、と諒はスマホから放火の記事を出した。

「原田先輩が見せられた記事です。そいつらが、逆らった奴の実家に火をつけてやったって。同じことをすると言われたそうです。先輩の実家だけでなく、俺の姉のところも。姪は生まれて間がありません。姉も毎日家にいます。この人の家はたまたま留守にしてたけど、もし姉のところが、同じ目に遭ったら……」

諒は声を詰まらせる。笠井が肩を叩いてきた。

「わかった。私がなんとかしよう。柄本くんには本当に世話になったからね」

「笠井さん……、ありがとうございます。お金はすぐにお返ししますので」

諒は何度も何度も頭を下げる。倒れ込みそうなほどほっとした。これで助かる。人には親切にしておくべきだ、自分の人柄が自分を救ったのだ、そう思った。

「任せなさい。ただ、言いづらいんだけどねぇ」

なんだろうと諒が構えると、先日の金は銀行に戻したので、手元にないという。明日の朝、銀行が開くまで待ってくれと言われた。もちろんですと諒は答える。期限は越えてしまうが、銀行が相手なら納得してくれるはずだ。

諒はその夜のうちに原田へ、金のアテがついたが銀行が閉まっているので一日待ってもらえるよう交渉してほしいと伝えた。

翌日、諒が笠井の家に出向くと、笠井は強張った面持ちで待っていた。

「なんだか緊張するね。朝から何度もトイレに立ったよ。私がその人たちと会うわけじゃないのにね」

「ご心配をかけて申し訳ありません。……あの、友里さんは」

諒が訊ねる。

「友里？　友里がどうした？」

「このことを知ってるのかなって思って。頼ってしまって情けないというか、その」

笠井が笑った。

「言っていないよ。お金はすぐに返してくれるんだろう？　男同士の秘密だ」

ありがとうございますと、諒はうなずく。罪悪感に汗ばむ思いだ。

笠井への言い訳は嘘だが、騙すつもりはない。金も返すつもりだ。姉への連絡はまだついていないが、ともかく今を乗り切らなくてはいけない。

笠井から、帯封付きの一万円の束がみっつ入った封筒を受け取った。諒が玄関を出ようとすると、がつりと両肩に手を置かれた。

「がんばれよ。たじろぐなよ。原田先輩を救いだすんだ」

救いだすなんて、青春ものの主人公のようだと内心おかしかったが、はい、と答える。

「タクシーを呼ぶか？　そのほうが安全じゃないか？」

「いいえ、電車でだいじょうぶです」

「気をつけて。途中で落とさないようにね」

「絶対に落としません」

「うん。あとひとつ気になったんだが、昨夜見せてもらった放火の記事ね、犯人、捕まったようだよ。中学生だそうだ」

「中学生？　中学生にやらせたってことですか？」

笠井が不思議そうな顔で見てくる。

「そういう意味じゃなくて、嘘じゃないのかな」

「俺、嘘なんてついてません」

諒は慌てて、声がひっくり返ってしまった。

「柄本くんが嘘をついたなんて言っていないよ。詐欺グループの脅しは、嘘じゃないかと思ったんだ。怖がらせようと、オーバーに言っているんじゃないかってことだよ」

「……そう、そうかもしれないけど、でも原田先輩が」

「捕まっているんだよな。助けないと。私が言いたいのはただ、必要以上に恐れるなってことだ。トイレはいいか？　ちびるとかっこ悪いぞ」

だいじょうぶです、と答えようとして、やはり借りることにした。笠井の言ったことが気になってすぐにも確かめたかったのだ。封筒をいったん笠井に戻し、トイレで放火の記事の続報をスマホから検索する。たしかに犯人は十四歳の中学生で、学校でのストレスが原因とあった。

「柄本くん、時間だいじょうぶか？」

笠井に声をかけられて、諒は慌ててトイレを出る。封筒と玄関に置いていた鞄を受け取って、走った。


駅までの道を駆けながら、諒の中に疑問が湧きあがってきた。

掛け子の野郎、逃げたんだよな。そしたら実家に火ぃつけられた。──原田はそう言った。記事は連中から見せられたそうだが、どういうことだ。奴らが、たまたまあった事件を脅しに利用したのか。それとも原田が、俺を逃がしたくなくて嘘を言ったのか。そもそも掛け子など存在しているのだろうか。電話をかけることなど原田でもできる。実際、最後の相手に対しては、ふたりでやったてではないか。

原田への疑惑が、どんどんと膨らんでいく。

ヤバい連中に痛めつけられたと言い、顎から頬への痣と、左手小指の包帯を見せてきた。痣はメイクでも作れる。包帯の下などどうなっているかわからない。ヤバい連中から脅されたというのは、すべて原田の話だ。

諒の親が金を遺したことを、原田は知っている。学費と姉の分、合わせて四百万円ほど残っていると踏んで、それを奪ってやれと思ったのだとしたら。

詐欺の手伝いをさせたのも、言うことを聞かせるためかもしれない。もしや昨日、原田は俺を逮捕させるつもりだったのではないか。いやそうすると原田も捕まる。逮捕までは考えすぎか。だけど、と諒は悩む。

笠井から預かった金は、原田へ渡すことになっていた。しかし電話が通じない。やがてスマホに原田からのメッセージが入った。とあるマンションの一室を指定される。

詐欺グループの拠点なのだろうか。直接渡したほうが、原田を経由するより確実かもしれない。真実もわかるかもしれない。だが待てよ。原田と連中がグルということも考えられる。

このまま金を持って逃げようかと、諒の心は揺れる。しかし原田の話がすべて本当で、連中に姉の存在まで教えているとしたら。姉は自分じゃない、他人だ。姪も他人だ。けれど自分は、そこまで悪人になれない。

電車を降り、覚悟を決めて、諒は指定されたマンションに足を踏み入れた。オートロックではない、二階の部屋だ。名前を告げたあと、扉を開けた相手は、学生風の男だった。どこにでもいそうな顔立ちで、ヤバい人間なのかどうか、諒には判断がつかない。

あの、と諒が戸惑いながら言うと、入れとばかりに顎をしゃくられた。

玄関を入ってすぐの部屋はキッチンを備えたリビング風のつくりで、長机が複数、形の違う椅子も複数、とまるで会議室のようだった。椅子の数より多そうな携帯電話やスマホが机に載っているのが、違和感を醸しだしていたが。

だがなによりも大きな違和が、部屋の隅に転がっていた。

原田が後ろ手に縛られていた。口元から血が垂れている。電話に出られなかったのはこのせいだったのか。と思うと同時に、これも演技ではないのか、この部屋も演出ではないのかという気持ちも湧く。

「金……、持ってきてくれたのか？　一日待ってくれって言ったら、こんな目に遭って」

原田の弱々しい声も、どちらだろう。

「おう、金を渡せ」

諒は肩をつかまれた。いかつい顔の男だ。諒は鞄から封筒を出して渡す。原田に向き直った。

「聞きたいことがある。放火の記事、あれ、掛け子と関係ない、よな？　犯人は中学生で、もう、捕まったぞ」

そうか、と原田がだるそうに言う。

「放火の記事を使えと言ったのは、そいつらだ。仲間が逃げないように、ってな。おまえには掛け子が逃げ、掛け子にはおまえが逃げ、結果こうなったと伝えた。それでもそいつは逃げた。……あとは、オレは知らない。これからなにが起きるのか、……オレには」

ひやひや、と、ひきつったように原田が笑う。静かにしろ、と原田の横にいた男が、彼を小突く。右の眉の上にほくろがあった。それを見た瞬間、諒の胃のあたりがすっと冷えた。こいつは、笠井から金を受け取ろうとしていた受け子だ。ではやはり彼らは。

「おい、ごらあ！」

ふいに、諒は背後から蹴られた。

そのまま倒れ込み、机の脇で腹を打った。上半身が机へとかぶさる。なんとか身体を起こした。

「な、なんでしょう」

「それはこっちのセリフだ。この金、子供銀行から持ってきたのか？　タラララララか！」

節の音階が、マジックショーでよく流れるものだった。紙の束が顔に叩きつけられる。バラけて舞う。一枚が目に入った。見覚えのある福沢諭吉ではない。

「なんで、……え？」

偽札とも呼べない、ふざけすぎたものだった。諒の記憶にもある。結婚式の二次会のパーティルームで、下手なマジックをしてみせる、あるいは扇状にしてあおいでみる、そんな、バラエティグッズ。

「いや、あの、なんでか、さっぱり」

「殺れ」

誰かが言った。

はじめに蹴ってきた男が、脚を払う。諒は床に倒れた。背中を踏みつけられる。引き戸の音がした。視界の隅、隣の部屋からやってくる脚が見えた。棒状のもので尻を打たれた。

ぐえ、という原田の声が聞こえた。原田も殴られているようだ。どうしてこうなったんだ。こいつら最初から、金も自分たちの命も自由にしようとして、金を偽物にすり替えて——

いや、待てよ。

諒は椅子の脚に手を伸ばした。引き寄せて、当たる当たらないなど考えずに投げる。攻撃が一瞬、やんだ。

諒はなんとか立ち上がった。机に置かれたスマホを投げる。男が向かってきた。組み合って転がる。立ち上がったところ諒の腹に相手の頭が入り、飛ばされた。幸いだったのは、それが出入り口側だったことだ。諒は走った。扉を開け部屋を出て、階段を飛ぶように下り、最後の数段で転んだけれど、痛みをこらえてマンションから駆けでる。

諒のスマホはチノパンのポケットだ。路地に隠れ、潜めた声で電話をかける。

「どういうことですか、笠井さん。あの金、あなたがすり替えたわけ？」

トイレに行けと言って、その間にすり替えたのだろう。直前に、放火とは連中の嘘ではないかと言い、諒にショックを与えていた。諒も知っている、判断力を低下させる方法だ。

「警察を呼んだ。彼らは捕まるよ」

受話口から、笠井の落ち着いた声が聞こえた。

諒の頭に血がのぼる。

「は？　感謝しろっていうのか？　俺のためだったとか言いたいわけ？　なにをバカな」

「バカな、はこちらのセリフだよ。きみは本当に、なにも見えてないんだね。そんな注意力散漫な詐欺師もいるのか。いや、師という言葉は相応しくないね。ただの受け子、なんの覚悟もなく、危ない世界に足を踏み入れた子供だ」

笠井はなんの話をしているのだろう。諒は混乱した。だが自分が受け子だったことがバレていたというのはわかった。

「あんた、なにものなんだ。元親分とか元警察とか、そういうのか？」

「落ち着きなさい。私はただの被害者だ。正確には被害者の友人。種明かしをしてやろう。実のところ公園でのあれは、さんざん待ったチャンスだった。小さな詐欺にわざと引っかかり、個人情報をオープンにして、釣り師がくるのを待っていたんだ。その業界には騙される人間をリストにした名簿があると聞いてね。素人が彼らに接触するには、自分を餌にするしかない。そしてようやく見つけだした。やっと、あの受け子をね。きみは私が詐欺に遭うのを防いでくれたけれど、正直、迷惑だった」

諒は思いだす。だからあのとき自分を止めたのか。

「あの受け子の服にでもGPSを仕込んで、彼らの拠点を見つける計画だったんだよ。今回やっと成功した。きみがどこに行かされたかわかっている。ゆえに警察が呼べるということだ」

笠井は金をすり替えただけでなく、玄関に置いていた諒の鞄にGPSも仕込んだというわけだ。

「だからって、あのふざけた札はないだろ。殺されかけた」

「きみと出会ったのはたまたまだ。最初、きみは正義感の強い青年だと感じたから、全部話して協力を得ようと思った。けれど少し引っかかる。スーツを遠目で見ただけで詐欺だと見破る、そこまで勘のいい人間はなかなかいない。だから調べさせてもらった。交友関係もだ。最大の手掛かりは、病院でのネットワークにあったよ。老人同士のね。待合室のお喋りってやつだ。知り合いの知り合いのその先まで探すと、詐欺の被害者がひとりぐらいは出てくる。写真を見せると一発だった。古谷という名前をきみはもう忘れたか？」

諒は叫びそうになる。笠井と同世代の、落ち着きのない太った老人だ。友里との写真を撮ると言ったのはそいつらに見せるためか。そういえば警察か弁護士が嗅ぎまわっていると、原田も話していた。プロではなく素人が動いていたから目立ったのだ。路地から見える先の道を、金属バットを手にした男が走っていった。ここはもう危ない、と諒は感じた。反対側に逃げ、走る。だが電話は切れなかった。笠井が自分になにを仕掛けたのかわからなければこの先、どんな罠が待っているのか。

「昨夜きみが話したことは、本当だと思った。原田という子のことも調べてあったからね。どうするのかと思って聞いていたが、きみは原田って子に全部押しつけて、自分の詐欺行為についてはなにも言わなかった。反省して心を入れ替えるなんて、ないとわかった」

「それで俺を餌にしたのか? 反省させるために?」

諒は、声を必死で抑える。耳を笠井の話に、目を周囲のようすに集中させる。

「反省? きみのことなどどうでもいい。きみも私の話などどうでもよかったのだろう。さっき言ったじゃないか。あの受け子を探していたと。容姿はわかっていた。右の眉の上のほくろが一番の特徴だ。あの受け子から先に連なる組織を探していたんだよ。復讐するためにね」

「……復讐?」

「知り合いが騙されて首を吊ったと、そう話したのを覚えているか？　知り合いと言ったが、友人、親友だ。友里の祖父だ」

「え？」

「友里の家はバイクの修理工場でね。親友は息子と、つまり友里の父親と、ほそぼそと経営していた。その息子に病気が見つかって、大変なときに詐欺の電話が入った。息子が交通事故を起こしたと。親友は、ふだんなら騙されるような人間じゃない。しかし発作でも起きたんじゃないか、飲んでた薬の所為じゃないかと、信じてしまった。金は工場の運転資金だった。騙されたと知った親友は、自分の生命保険を遺すために首を吊った。だが結局、息子は亡くなり、工場も潰れた。友里は今、呆然自失の母親とふたりでいる。大学進学の夢も潰えた」

「孫って……、言ったのは」

「おやおや。気になるのはそこなのか。方便だよ」

友里も、笠井の計画を知っているのか？

諒がそう思った瞬間、目の前にスクーターが突っ込んできた。ぶつかる寸前で停まる。

諒はたたらを踏み、転んだ。

乗っているのは少年、そう見えた。五〇ccのスクーターだが、フルフェイスヘルメットを被っている。シールドを上げた。

「友里？」

スクーター、光、音、少年……。諒の頭で、記憶のかけらが巻き戻り、合わさる。笠井の家に向かう途中で、校門の近くで、最近何度もスクーターと遭遇していた。

そうか、あれは友里か。笠井が公園であの受け子と会っていたとき、少年にも見えるキャップ姿の友里もいたんだ。笠井が電話をかけたのは息子ではなく友里だ。善後策を相談したのだろう。GPSと併用して、友里がスクーターで受け子を追いかけるつもりだったのだ。今もきっと、GPSの情報が笠井から友里にもたらされている。

「助けてくれ。乗せてくれ。俺は――」

答えの代わりに、友里が派手にクラクションを鳴らした。長く、何度も。諒の息が止まりそうになる。

道の彼方にちらりと視線を投げた友里は、切れ長の目を細め、そのまま走り去った。

荒く激しい足音が、諒の耳に届く。いたぞ！　殺っちまえ！　そんな声がする。金属バットが振りあげられる。殴られた。蹴られた。踏みつけられた。

諒の意識が遠ざかる。だけど俺が、友里の祖父を騙したわけじゃないじゃないか。なのにどうして、俺がこんな目に遭うんだ。警察はまだか。――そう、念じながら。

諒の手を滑り落ちたスマホから、笠井の声が続いている。

「……残念ながら詐欺罪は十年以下の懲役だ。それに対し、殺人罪は無期や死刑もあり得る。彼らにはできる限り、重い罪を与えたいんだよ。きみというわずかばかりの犠牲で、それができるだろう」

04

監督不行き届き

駅を出てすぐに、加藤満智さんですか？　と呼びかけられた。返答より先に、相手が畳みかけてくる。

「加藤佑典さんがあなたの夫って、本当ですか？　いつ別れるんですか？」

なにを言われているのか、満智にはわからなかった。佑典はたしかに夫だ。結婚して十七年になる。出会ったのはさらに昔。大学の同級生だ。だが次の質問の意味がわからない。別れる？　それはどこから出た話だろう。なぜ佑典と別れると？

そこまで考えてやっと、目の前にいる少女と言ってもよさそうな若い女性が、佑典と関係を持ったのだと気づいた。

「あなた……」

「城田です。今度、佑ちゃんと結婚します。遅くとも半年以内。でも佑ちゃん、煮えきらなくて」

満智には困惑しかなかった。つっこみどころが多すぎる。妻帯者とは結婚できない。

半年以内とはなんだ。煮えきらないもなにも、自分と佑典の間に別れ話など出ていない。喧嘩も滅多にしない。他人の夫をちゃんづけで呼ぶな。

五月も終わりとなり、朝から太陽が眩しい。駅から会社の入るビルまでの距離はわずかだが、スポットライトを当てられたかのように人の姿がくっきりと映しだされている。立ち話をしている満智に気づく人も多く、誰かにおはようと声をかけられた。

「ええっと、あなた、城田さん。ご自分がなにを言っているのかわかってる？」

「はい。佑ちゃんはあたしの婚約者です」

「婚約者もなにも」

「佑ちゃんから話があると思います。これ、連絡先です。裏にあたしのスマホの番号」

城田が名刺を出してきたので、満智も反射的に鞄から名刺入れを出した。この女に渡す必要などないと、気づいたときには奪い取られていた。紙を引っぱっていく力は、華奢で小柄な体格の割に、強い。

「今からお仕事ですよね。まずはご挨拶に来ました。失礼します」

城田は一礼をして、駅へと戻っていった。渡された名刺には不動産仲介会社の名前が、かわいらしいイメージキャラクターとともに書かれている。肩書代わりに載せられた文店名は、佑典が勤める会社から近い。

満智の胸が苦しくなったのは、その近さからだけではなかった。

城田菜々穂。

下の名前まで名乗られていたら、冷静に話せなかったかもしれない。――菜々穂。

冷静である必要などなかったのではと、満智は昼休みになってから思った。

満智は玩具メーカーの企画開発室で係長を務めている。午前中は会議やデータの分析で忙しく、トイレにも立てなかったほどだ。用を足して自分のデスクに戻ったところで、ようやく腹が立ってきた。

愛人だか浮気相手だか知らないが、妻に対して取る態度ではない。ありがちなパターンでは、妻である自分が相手の職場なりに乗り込み、頰のひとつも叩くのではないだろうか。暴力は苦手なので満智にそんな気などないが。……あの子、ちょっとおかしいのでは。

いや待て。通勤途上で会社の近く、という時間と場所では、こちらは大声さえ出せない。あえて選んだのだとしたら、冷静で計算高い女なのかもしれない。

いやいや、いずれにせよ妻帯者を婚約者と言い張る神経はおかしい。おかしい人間に対処するためには、冷静であるべきだ。なによりまず、問い詰めるべきは佑典だ。

「ごはん行かないの？　満智さん」

声をかけてきたのは、同じチームの槙野陽子だ。満智より四歳下の三十八歳、バツイチ。立場は部下だが、満智は二度の産休育休を取ったため、実務期間はそう変わらない。一年少し前の春の人事で、満智か陽子のどちらかを係長にという話があったとき、満智は後輩に慕われている陽子のほうが相応しいのではと思ったほどだ。年齢順に、となったが、遠からず陽子も係長に昇進するだろう。

「ああ、ええっと、今日はお弁当」

「いいなあ。愛妻弁当ならぬ愛夫弁当。私なんてパンとカップスープだよ」

陽子がコンビニの袋を掲げてみせる。陽子は満智の家に何度も来ていて、佑典のこともよく知っている。

「……取り替えようか。食欲がわかないんだよね」

「体調悪いの？」

「ううん、少し重いだけ。量がね。スープだけちょうだい。ごはんはおむすびがあるから」

「少なすぎるよ。取り替えるなら全部にしよう。私の、一応サンドイッチだし」

満智に異存はなかった。佑典が作ったものを食べたくなかっただけだ。食品会社に勤め、料理も好きな佑典が、加藤家のひとり息子、岳斗の弁当を主に作っている。おかずが余ったときだけ満智の分が作られる。ゆえに主食はない。駅のコンビニでおむすびを買う。

「わあ、豪華でがっつり系。たしかに高校生と同じものだと、重いのかもね」

デスク脇の小さなミーティングテーブルで、向かいあった陽子が歓声を上げる。トンカツに卵焼き、金平牛蒡、ブロッコリーにプチトマトと、色鮮やかだ。

「朝から揚げ物なんてするの？　すごすぎる」

「それは昨夜の残り」

「だとしても、岳斗くんの分はごはんもあるでしょ。炊かなきゃいけないじゃない」

「タイマーだけどね。岳斗のは、プラス、作り置きからいくつか。仕事柄、一日三十品目がどうとかが口癖で」

「最高の夫じゃないー」

無邪気な陽子の言葉が、満智に刺さった。取り替えずに、残せばよかったと後悔する。

「えー、それ、麻木係長の旦那さんが作ったんですか？」

驚きの声が、満智の背後で上がった。入社二年目の、チームの部下だ。

満智は、会社では旧姓で通している。満智の会社は女性が多く、満智が結婚したころの先輩たちも旧姓使用が主流だった。当然、満智の名刺は麻木だ。今まで違和を感じたことはなかったが、あの名刺を城田に渡したのは失敗だった。城田のなかのおかしな論理が、離婚に納得しているという結論に向かいかねない。

離婚？　とんでもない。夫婦仲に問題はない。岳斗はどうなる。中古とはいえ家のローンだって残っている。

考え込む満智をちらりと見て、陽子が明るく声を上げる。

「絶対、私には作れないって感じでしょ」

「はいー、槙野先輩がお手製っぽいお弁当食べてるから、驚いて来ちゃいました」

こーら、と、陽子が後輩をつつく真似をする。

「ごめんなさーい。でも本当においしそう。麻木係長のおうちは、旦那さんがごはん担当なんですか?」

「そんなことないよ。ただわたし、低血圧で朝が弱くて、息子の弁当は任せっぱなし」

「麻木係長に弱点があるなんて、信じられない。だって係長、いつもきちんとして隙が なくて、さっきの会議でもあたしの作ったグラフに容赦なく……いえ、的確な指導を」

満智は苦笑した。陽子は噴きだしそうになっている。

「容赦なく、でいいよ。ただ、その理由はわかってほしい。前期のデータからの推移は、五十四ポイントから五十五ポイントと、わずか一ポイントだった。なのに縦軸のゼロから五十を無視し、一ポイントの幅を広くとり、変動が大きいように見せてた。そういう見せ方は嘘に通じるからよくない」

「あたし、見やすくしたかっただけで、嘘をつく気なんて」

「わかってるよ。ただ、データは正しく見せてこそ、相手に伝わる。見た人間の目をくらませてしまう切り取り方をしてはいけない。正々堂々としたデータと論理が必要だよ」

すみませーん、と身を縮める部下に、陽子が言う。

「順に覚えていけばいいよー。満智さんの下にいたら、王道を教えてもらえるから」

「はい。正しい道を行くこと、嘘やごまかしはダメ、ですよね。ありがとうございます」

「そのとおり。朝が弱いのもごまかさない」

「陽子ちゃん、それ関係ない」

満智がつっこむと、笑いが起きた。部下はそのまま行ってしまう。陽子が探るような表情で満智を見てきた。

「加藤さんが作ったって言わないほうがよかった？　騒がしくしてごめんね」

「そんなことないよ。ちょっと疲れてただけ。こっちこそフォローありがとうね」

陽子は人の気持ちをつかむことに長(た)けていると、満智は思う。陽子なら、和気藹々(あいあい)としたチームの係長となるだろう。その点、満智はどうしても四角四面で、部下を正しい方向に導きたいという気持ちが強くなってしまう。もうすこし柔らかく対応しなくては。

しかし、佑典とあの女、城田との関係については、柔らかくも優しくもしてはいけない。要するに不倫ではないか。道を外れるにもほどがある。

夜の九時過ぎに帰宅した佑典は、満智の顔を見たとたんに土下座をした。

「すまなかった。言い訳のしようもないが、許してくれ」

満智はまだひとことも口を開いていない。となれば、城田が伝えたに違いない。あの女の頭の中はどうなっているのだろう。

「朝、わたしに会いにきた話は聞いてる？　さっぱりわけがわからないんだけど」

「申し訳ない！」

佑典が声を大きくする。

と、そこでテレビの音が止まった。リビングダイニングの奥で、かじりつくようにテレビを見ていた岳斗が、驚きの表情で満智たちを振り向いている。

「岳斗、ちょっと部屋に行っていてくれるかな」

満智が声をかける。今、岳斗に気づいたのか、佑典が慌てて立ち上がった。

「映画、見てるんだけど」

岳斗が首を横に振る。

「DVDでしょう？　部屋のパソコンで見られるじゃない」

「迫力が全然違うじゃん」

奮発して買ったテレビは、五十インチだ。カーチェイスの途中とみえ、車が空を飛んだかのような状態で停止している。岳斗は車の出てくるアクション映画が好きでよく見ている。満智には興味がなかったが、気を紛らわせたくてぼんやりと一緒に見ていた。

「悪いけれど、大事な話があるの」

「だったら母さんたちが二階に行けば？　そっちのほうが正しい判断。違う？」

たしかにそのとおりだ、と満智は思った。佑典は夕食がまだかもしれないが、食事をしながら話せる内容ではない。

佑典と共に、二階にある夫婦の寝室に向かう。ふたつ並んだシングルベッドが満智の目に入り、慌てて壁の写真に目を向けた。佑典が撮った星空の写真だ。その美しさに気持ちが静まりそうにも、佑典の趣味だからと苛つきそうにも思い、複雑だ。佑典は自分のベッドに腰かけている。満智までもベッドに座ると距離が近くなるので、ライティングデスクから椅子を引っぱってきた。

「ごめん。座ってしまって。やっぱり床に」

満智が睨んだためか、佑典は腰を上げ、また土下座をはじめる。満智は止めた。

「そんなつもりで睨んだわけじゃない。とにかく事実が聞きたいの。わけがわからない」

「わかった。菜々穂と会ったのは――」

「その名前で呼ばないで。あの女は菜々穂じゃない」

「だけど彼女の名前が菜々穂じゃなかったら、僕は、こんなことには」

「あなたは娘と寝るの？　寝たんでしょ、あの女と。気持ち悪いことを言わないで」

ごめん、と再び佑典が謝った。

やっぱり寝たんだ、と今さら思う。

菜々穂とは、満智と佑典の娘の名だ。岳斗の四歳下に生まれ、四ヵ月と三日で死んでしまった。乳幼児突然死症候群だという。解剖すれば原因がわかるかもしれないと言われたが、生きかえらないならメスなど入れさせたくなかった。泣いて泣いて、一生分の涙も尽きたほどだ。

その娘と同じ名前だからといって、それが浮気の理由に、どうしてなるのだ。

佑典は説明した。

城田と出会ったのは、一年ほど前、満員電車の中だという。目の前でふらついていたらしい。

佑典の会社も満智の会社も東京の都心部にあるが、家は郊外で、使っている路線の始発駅に近い。座っていた佑典は席を代わった。調子が悪そうな城田だったが、次の駅では降りない。その次も、そのまた次もだ。心配になった佑典は、いったん降りて休んではどうかと言ったが、城田はどうしても行かなくてはいけないとしか答えない。やがて目的の駅についたのか城田は立ち上がったが、よろけている。乗り込む客の流れに巻き込まれそうで、佑典は城田を支えるようにして降りた。佑典が降りる駅よりひとつ手前の駅だ。

その後、城田をベンチに座らせてペットボトルの水を渡し、親に迎えにきてもらうよう提案した。小柄で童顔の城田が未成年に見えたからだ。そう話をしてやっと、城田は既に社会人で、どうしても行かなくてはいけない場所とは職場だったと知った。体調不良の遅刻ぐらい許されるのではと話すと、城田は想像もつかなかったのか驚いている。よほどのブラック企業かと思ったが、ようやく落ち着いた城田は、職場にはよくしてもらっているが入社したばかりで有給休暇がないと答える。そしてありがとうございましたと名刺を渡してきた。名前を見た佑典は、心臓を握りつぶされたかと思うほどに驚いた。菜々穂という名前に接したのは、娘の死後、初めてだった。

安易に名刺を渡してきたことも仕事への柔軟性のなさも、なにかと危うげで、佑典は城田のようすが気になった。何度か電車で一緒になり、話をするようになり、やがて食事もするようになった。ある日、失恋したという城田を慰めているうちに、そういうことになった、とのことだ。

なにがそういうことに、だ。偶然出会った若い女に手を出し、結果、抜き差しならなくなっただけ。すけべ心が原因だと満智は呆(あき)れた。

「結婚しているって言わなかったの？」

「言ったような気もするんだけど、言う必要がなくて言わなかった気もする。だって会う人会う人に、結婚してるかどうかをいちいち伝えないよね」

満智も佑典も結婚指輪をしていない。佑典は料理をする度に外していて、いつの間にかなくしてしまった。ちょうど妊娠中の満智も、むくみがあり仕舞い込んでいた。新たにペアの指輪を、という話も出たが、金もかかるしまた同じことをしそうで、結局そのままだ。

「あの子、あなたを婚約者だと言って、遅くとも半年以内に結婚する予定だって宣言したよ。いったい……あ、まさか妊娠させた？」

「それは違う、はずだ。半年というのは、田舎のお母さんが病気だからだと思う。その話は聞いていて、早く花嫁姿を見せたいってせがまれて」

「せがむ？　あなたは結婚してるのに、せがまれて、はい喜んでって言ったわけ？」

「言ってない。……ただ、その、期待させたのかもしれない。ブライダルフェアっていうの？　そういうのを見学したり、ドレスを着てみたり。ついてきてって言うから一緒に。菜々穂が生きてたら、将来こういうことをするのかなと」

「父親とはしません！　パートナーになる人とするんです」

本気で言ってるんだろうか、と満智は眩暈を感じた。佑典が城田を有頂天にさせたのか、城田が妄想を膨らませやすい人間だったのか。それとも佑典は、このくだらない言い訳で自分を呆れさせて許しを乞うつもりなのか、どれだろう。全部かもしれない。

「で、あなたはどうしたいと思っているの？」

「僕に選択権があるの？」

「選択の権利じゃなくて、選択肢を訊いているの。わたしと離婚したいってこと？」

「そんなつもりはないよ」

「じゃああの子と手を切ってね」

「許してくれるの？」

「それはまた別の問題でしょう？　わたしが許すかどうかは、わたしだけに選択権がある」

そうだね、と佑典は肩を落とした。

満智はうつむいている佑典のつむじを眺めた。この人が浮気をしたなんて、とまだ信じられない思いだ。佑典は、山登りや天体観測、料理といった趣味に熱中し、出会って以来、他の異性とのトラブルなど欠片もなかった。菜々穂の死もふたりで乗り越えた。菜々穂がいなくなった分、岳斗に愛情を注いできた。佑典は岳斗をよく遊びに連れだし、言動にも甘い親で、その分、満智がしつけ担当となっていた。岳斗が親と遊ばない歳になって淋しくなったのか、他の女に気持ちを移していたとは。

責任持って別れておいてください、あとはよろしく。では済まないことは、満智もわかっていた。部下に仕事を任せるときも、都度の確認は必要だ。

だからといって、城田が自宅に乗り込んでくるとは、予想外だった。

同時に、佑典の兄の逸郎も訪ねてきた。

「こそこそ決めるのはよくないと思うんです。全員で話し合うべきでしょ? みなさんの都合に合わせるために、あたし、滅多に休めないウィークエンドに休みを取ったんです」

と城田は謎の理屈を口にした。佑典は小さくなっている。

「なにを話し合うんですか。あなたがここに来ること自体、おかしいと思いませんか?」

満智の問いは、思いませんのひとことで返された。

「玄関先じゃまずいだろ。近所の目もある。佑典がしでかしたことは、加藤の家の問題でもあるし」

義兄が言う。なぜ義兄までここに来たのか、あとでわかったことだが、城田は婚約者の親に挨拶をしたいと連絡してきたのだという。佑典の実家は茨城にあり、義兄が跡を取っていた。母は元気だが父は他界しているので、家長である義兄が家の代表、責任者ということになる、らしい。その感覚は満智にはなじまない。四十二歳にもなる人間の責任者は、本人自身だろう。

「なにやってんの？」

と暢気な顔で玄関に顔を出したのは岳斗だ。

満智は焦った。子供に父親の浮気の話など聞かせるわけにはいかない。

「岳斗、ちょっと遊びに行ってきて。車と自転車、入れ替えるから」

満智たちが住む家は、最寄駅から二キロほどの小さな一軒家だ。両隣に家があり、車庫は狭くて車を置くと人ひとりがかろうじて通れるほどしか余裕がない。そのため、平日は岳斗の通学用の自転車を車の前に置き、休日は車の出し入れがあるので奥に自転車を置く。今日も、自転車は奥にある。

「ちょっともなにも、予定がないんだけど」

「図書館とか。友だちと遊ぶとか」

「この時間だと図書館の席はいっぱいだよ。友だちももう予定入れてるって」

「だったら自分の部屋で勉強してて。下には来ないで」

「いいじゃないか、満智ちゃん。そろそろ男の不始末について勉強してもいいころだ」

義兄が口を出してくる。

冗談ではない、と満智は思わず義兄を睨む。義兄は大仰に肩をすくめるだけだ。

「なるほどね。わかったよ。上にいる」

岳斗は玄関にいる四人をぐるりと見回したあと、あっさりと母親の要請に応じ、階段を上っていった。

わかったというのは、承知したというだけなのだろうか、このとんでもない状況を理解したという意味なのだろうか。満智は訊きたかったが、それどころではない。城田と義兄をしぶしぶリビングダイニングに通した。

お茶の用意をしながら、満智は次第に落ち着きを取り戻した。この場できっぱりと別れてもらおう。いい機会だ。

「それじゃあ、話し合いとやらをしましょう」

満智はそう言い、食卓の椅子に座る。満智の横に佑典、その前に城田。満智の前に義兄がいるが、満智の視線は城田へと向いている。城田が口を開いた。

「佑ちゃんと早く別れてください。麻木さんは係長なんでしょ。出世してて収入もあって、ひとりで生きていけるじゃないですか」

やっぱり麻木と呼んだな、この女。

満智がまず思ったのはそこだった。加藤です、とすかさず訂正する。その後も城田は麻木と呼んできたが、以降は放っておいた。話が進まないほうが困る。

「離婚なんて話になっているのか？　佑典」

義兄が横から口を出してきた。満智が答える。

「なってません。離婚の予定なんてありません。城田さん、諦めてください。既婚者と結婚することはできませんよ。あなたいくつでしたっけ。二十近くも歳の離れた人ではなく、同世代と健全な恋愛をして、正しい形で結婚をしてください」

「あたしにとっては佑ちゃんと結婚するのが正しいんです」

城田は主張を変えない。

全員で話し合いをと城田は言ったが、喋っているのは満智と城田だけだった。義兄はいちいち驚きの声を上げるのみで、肝心の佑典も煮えきらない言葉を繰り返す。

堂々巡りの会話で、いくつかのことが見えてきた。

城田は二十四歳になったばかり。富山から、就職を機に東京にやってきた。慣れない都会暮らしのなかで唯一の心許せる相手が、佑典だと主張する。母親の病気は本当らしく、余命半年ほどなので なんとしても花嫁姿を見せたい。それには満智も同情の気持ちが湧いたが、城田は母親に、佑典が結婚相手だとすでに伝えてあるという。

富山の親に挨拶してほしいと佑典に頼んだが、佑典はのらりくらりと逃げる。そうでありながら、城田のアパートで休日を過ごす。佑典はここのところ休日出勤が多く、平日によく代休を取っていた。城田の休みは水曜日。そういえば水曜を代休に充てていたと、満智は思いだす。

城田は焦れ、佑典のようすを危ぶみ、探偵を雇った。その報告に驚き、満智に接触し、佑典の実家にも連絡した、という顛末だ。探偵とはまたいきなりな、と満智は驚いたが、不動産会社でつきあいのある便利屋のような人がいるらしい。入退去時に盗聴器などをチェックしたり孤独死のあった部屋を片づけたり、すごく優秀だと城田は得意げに話す。

佑典のことは、三十そこそこと思っていたらしい。佑典は酒もたばこもやらず、身体を動かすのは嫌いではなく、健康的な食生活も送っているので、同世代より若く思われがちだ。三歳違いの逸郎が、かなり年上に見えていた。

「だから佑ちゃんとあたしは結婚しなきゃいけないんです」

と何度目かのセリフを、城田が言う。その「だから」は妄想と身勝手がもたらした「だから」だろうと、満智は呆れる。

満智は視線の先を佑典に向けた。

「佑典。あなたは既婚者だと隠したままこの子と交際して、結婚できると思い込ませたわけよね」

「うん、いや、そんなつもりは」

「つもりはいい。結果はそうでしょ。騙したんです。城田さん、あなたの佑ちゃんは、わたしという妻がいて高校生の子供もいます。そんな人と結婚なんてできますか」

「でもあたしは佑ちゃんがいいんです。麻木さんこそあたしとのことを知って、佑ちゃんに騙されたと思いませんか？　そんな人と結婚生活を続けるんですか」

言葉のすり替えでは、と思ったが、城田の主張にも一理あるように満智は感じた。自分を騙し続けていた佑典と、今後も生活を共にできるのだろうか。いや、自分たちには岳斗がいる。別れるわけにはいかない。自分が引けば、城田がその位置に割り込んでくる。それは道理が合わない。正しくない。

「別れるつもりはありません。佑典、あなたもわたしと離婚するつもりはないって言ってたじゃない。城田さんにはっきり言ってやって」

ああ、と佑典は硬い声で答え、ごめん、と城田に頭を下げた。謝る必要はないの、と城田は笑う。そうじゃない、正確な言葉にしないとこの女には伝わらない、と満智は苛立つ。

「意味が明確にわかるように言って」

「うん。……ええっと、城田さん、きみとは結婚できません。申し訳ない」

えええっ、と大きな声で城田が驚いた。

「そんなはずない。佑ちゃんはあたしを選ぶはず。あたし、城田やめる。城田とは結婚できないけど、菜々穂とならできるよね」

「菜々穂ちゃん、申し訳ないけど、僕はきみと――」

いやあああ、と城田が叫んだ。満智と佑典がなにを言っても、いやだいやだとわめくだけで耳を貸さない。

ドン、と食卓に音が鳴った。

「いいかげんにしなさいよ。お嬢さんさ、自分のしたことがわかってる？　不倫だよ、不倫。他人の亭主を寝取った女はね、妻から慰謝料を請求されても文句を言えないんだよ」

義兄の言葉に、ますます大きな声を上げ、城田は泣きだした。声が二階の岳斗にも届いているのではないかと、満智はため息をついた。

城田は納得していなかったが、泣き疲れたのか、このままここにいても思いどおりにはならないと気づいたのか、二時間後にやっと帰ると言いだした。だが、車で来ていた義兄が自分も帰るからついでに送ろうと提案しても拒否し、タクシーは金がかかるから嫌だと言い、満智が駅まで車を出すと言っても首を横に振る。歩くなりバスに乗るなり好きにしろと思っていたら、佑ちゃん送っていって、とねだる始末だ。満智は文句が喉まで出かかったが、早く帰ってほしいという願いのほうが強く、蹴りとばしたい気分でふたりを送りだした。

帰るのかと思っていた義兄は、まだいる。実家を代表して来たというが、結局かきまわしただけじゃないかと、満智は内心腹立たしい。

義兄と佑典の間には多少の確執があった。義父が他界したとき、義兄は住んでいる家と土地を、佑典は現金を相続した。それを頭金にして、満智たちは家を買ったのだ。だが義兄は後から、金額が多すぎたと言ってきた。義兄の周囲の友人は、家を出た兄弟姉妹には相続放棄をさせたらしい。早く知っていれば、とほぞを噛んでいた。

　腹いせだろうか、と満智はいぶかる。

　その義兄が、満智ちゃんさあ、と話しかけてきた。

「佑典が悪いのはもちろんなんだけどさ、満智ちゃんもちゃんと見てなかったっていうか、監督不行き届きなんじゃない？」

　はあ？　と、相手が義兄でなければ、満智は声に出していただろう。

「だって、一年？　関係してからの期間はもう少し短いようだけど、全然気づかなかったの？　満智ちゃんが昇進してからだよね。仕事、セーブすべきだったんじゃない？」

　冗談じゃない。会社勤めの人間が、そうそう簡単に仕事のセーブなどできるわけがないだろう。なにより大人の社会人の動向を見守る必要がどこにあるのだ。

「あ、呆れた顔してるよね。そういうところだよ。なんか満智ちゃん、理詰めなんだよね。今日、話を聞いていても思ったけど、佑典、気が休まらなかったのかもしれないなって。いやもちろん、もちろん一番悪いのは佑典だ。申し訳ない。加藤家からもお詫びをする」

　義兄が頭を下げてくる。形だけの行為に見えて、満智は納得がいかなかった。泣けばよかったとでも言うのだろうか。城田の意味の通らない理屈に対処するには、正しい理論武装をするしかないではないか。泣いても問題は解決しない。

「それにしてもあの子、怖いな。なにをしでかすかわからなそうだ。俺がガツンと、言ってやったが」

「慰謝料のお話ですか？　そういうの、関わりたくないです」

「いや実は、佑典が結婚してることをあの子が知らなかったのなら、慰謝料は請求できなくなる。佑典が結婚を餌に関係を迫ったと、向こうから請求されるかもしれない。先制攻撃だよ。加藤の家に尻を持ってこられても困るし」

満智は話半分に聞いておく。妻が浮気相手の女性に慰謝料を請求できるという話は知っていた。だが逆に城田が請求してくるなんて、よほどの厚顔無恥だ。

とはいえ城田は今でもじゅうぶん厚顔無恥で、なにをしでかすかわからない。

義兄はしばらく佑典の帰りを待っていたが、駅までしか送らないという約束で出かけたのになかなか戻らない。結局、コイン駐車場の料金がかかると言って、茨城に帰っていった。

ひとりになった満智は、深いため息をついた。今まで一度も流していなかった涙が、頰を伝っていく。娘の菜々穂のことがあって以来、泣かなくなっていたと、改めて思った。

階段に音がした。慌てて涙を拭う。岳斗がやってきて、お腹が空いたと言った。

翌々週の火曜日、満智に出張の予定が入っていた。満智の勤める玩具メーカーは、全国各都市の幼稚園にモニターの依頼をしている。今回は福岡から名古屋の四都市を一泊二日で回り、子供たちの生の声を吸い上げる。低血圧でふらふらしながらも、満智は朝早くに福岡行きの飛行機に乗った。

出張の成果はまずまずだったが、不在の間に会社で問題が起きていた。製造部に回した資料が足りないという。だがそれも陽子のおかげでなんとか解決した。

残業をして家に戻ると、岳斗がごはんを食べていた。作り置きの保存容器がいくつか出ている。満智に見覚えのないおかずなので、佑典が昨夜作ったのだろう。

「お父さんはまだ？」

「うん。腹が減ったから先に食べてる。母さんは食べた？　食べないなら残りを食べていい？」

岳斗の食欲は今日も旺盛なようだ。満智は笑顔で手を横に振った。

「食べていいよ。お父さんの分と合わせて作るから」

返事もなかばで、岳斗は保存容器の中身を食べかけの皿によそっていた。ラップをかけてレンジへ。満智が着替えてキッチンに戻ると、岳斗はもう皿を空にしている。

そこから冷蔵庫の残り食材でおかずを整えたが、佑典はまだ戻らない。メールをしたが返事がない。メッセージも既読にならない。電話をしたところ、電源が入っていないか電波が届かないところに、と定型の声が流れる。

どういうことだろう、と満智は不安を覚えた。佑典の会社にかけても終業後は留守番電話だ。

「岳斗。今朝、お父さんは遅くなるって言ってた？」

二階の部屋の扉をノックして開けると、勉強机に座る岳斗が不思議そうに振り向いた。

「特に聞いてないよ」

「朝、ようすはどうだった？」

「具合が悪い感じは、なかったと思うけど」

岳斗は、体調不良を問われたと思っているようだ。だが満智が訊きたいのは違う。岳斗にはまだ浮気の話をしていないので、もどかしい。

城田のところに行ったんじゃないだろうか。そう思ってクローゼットを見たが、着替えがごっそりなくなったようすもないし、キャリーケースも残っている。佑典の服を全部把握しているわけではないが、初夏によく着ているスーツがない。通勤に使っている革靴も、ビジネスバッグもだ。

渡された名刺を手に、迷った末に城田に電話をかけた。しかし出ない。二度かけたが出ず、三度目は留守番電話に折り返しの連絡をと声を入れた。朝になっても、佑典は戻らなかった。城田からの電話もない。

それでも仕事はあるので、満智は会社に出かけた。

佑典の会社から電話があったのは午後のことだ。会社に来ていないし連絡もつかないが、なにかあったのですか、と問うてくる。

「加藤さん、昨日はもともと代休でしたが、今日の分は聞いておりませんで。最初はトラブルかなにかで直行したのかと思っていたんですが、午後になっても連絡がとれないんです」

社外との約束があったという。すみません、と満智は謝るほかない。それで加藤さんはどこにという問いにうまく繕う言葉が浮かばず、実は自分も昨夜から連絡がつかないと言うと、相手は絶句した。

「警察には行きましたか？　どこかで事故に遭ってるかもしれません」

「……もう一度心当たりを捜してから、行ってみます」

「心当たりがおありでしたか。差しつかえなければ、どちらでしょう」

浮気相手のところ、とはさすがに言えない。実家だと言い訳をした。

佑典の会社からの電話を切ってすぐ、再び城田にかけた。応答のアナウンスが、お客様の都合でおつなぎできない、に変わっていた。着信拒否をされたようだ。連絡先だと名刺を渡しておきながらなんて女だ、と満智は怒りしか覚えない。

それにしても佑典はどういうつもりだろう。昨日の代休のことも知らなかった。と、それは自分も、把握が甘かった。浮気の発覚以来、あまり話をしていないし、自分の出張で頭がいっぱいになっていた。

「満智さん。次の出張、いつなら行ける?」

廊下に出て電話をしていた満智に、陽子が話しかけてくる。仙台から北の地域へのモニター訪問が残っていた。満智はデスクに戻る。今日はなんとしても定時で帰らなくてはと思いながら。

「職場に押しかけるなんて、社会人として間違ってますよ」

城田が勤める不動産会社でカウンター越しに向かい合った。冷たい目を向けてくる城田から、満智が投げつけられた言葉がこれだ。

「あなたも同じことをしましたよね」

「行ってません。職場、には」

たしかにそうではある。城田が言うことは、一応、正しい。

「菜々穂ちゃん、お知り合い?」

城田が、五十代ほどの男性から声をかけられていた。菜々穂という名前を耳にすると、埋めてきた思いが蘇り、満智は苦しくなる。どうしてその名前の相手と浮気ができたのだろう。佑典が理解できない。

「仕事中なのでお帰りいただけますか?」

営業スマイルを口元に浮かべた城田だが、目は冷たいままだ。

「お仕事、何時までですか? 待ちますので」

「営業時間は外のガラスに書かれているとおりです」

外でお待ちくださいね、と続けられた。もちろん、満智はそのつもりだった。そこまで図々しくないし、城田の職場で彼女を貶めることは自分の不利になると知っていた。

義兄から慰謝料の話を聞いて、念のため調べたのだ。相手が結婚しているとは知らずにつきあっていた場合、慰謝料の請求を逃れられる可能性はあった。だが本当に知らなかったのか、知る機会はなかったのか、そこを追及すべきと複数の法律事務所のサイトに書かれていた。浮気をされた配偶者に依頼を促すための記事だろうから、差し引いて考えるべきだろうと満智は感じた。結婚を隠されていた浮気相手のほうから訴えるケースは、見つけられなかった。ただ、浮気を相手の職場に暴露して社会的制裁を与えた場合、相手から裁判を起こされる可能性があるので注意すべきと記載があった。

城田を社会的に追い詰めるつもりはない。慰謝料も欲しくない。ただただ、関わりたくない。佑典がいるか否かを問いたかっただけで、満智自身も電話で済ませたかった。

城田が外に出てきたのは、営業時間が終了してしばらく経ってからだ。近くにあるカフェに入るかと提案したが、城田は拒否した。

「わかった。じゃあ立ち話でいい。わたしが訊ねたいのはひとつだけ。佑典はあなたのところにいるの？」

「どうしてそんなことを訊くんですか」

イエスかノーかだけの問いに、なぜ質問で返す。満智は苛立ちを感じた。こういう人間がもっとも嫌いだ。部下にも上司にも持ちたくない。

「……昨日、家に帰らなかったから」

連絡がつかない、会社にも行っていない、それは伝える必要がない。満智はそう思う。

うふふふ、と城田が笑った。

「他にも家に帰らなかった日はあったでしょう？　あたしんちに泊まったこと、あるんですよ」

それは仕事だとごまかされていただけだ。

「質問に答えて。佑典はいるの？」

「答える義務、あるんですか？」

にやけながら、城田が言う。満智は確信した。これは城田のところにいる。昨日、水曜日は、城田の休日だ。

「家に帰るよう、言ってください」

「どうしてあたしがそんなことを言わなきゃいけないんですか」

さすがにカッとなった。怒鳴りつけそうになり、声を抑える。

「家族が心配しているんです。年頃の息子もいます。佑典はわたしと結婚しているんですよ。常識でものを言ってください」

「言ってます。あたしも麻木さんと話したいのはひとつだけ。早く別れてください」

じゃあ、と城田が踵を返す。待ちなさい、と腕をつかもうとしたところで、店から先ほどの上司らしき男性が出てきた。

「所長！　駅まで送ってください」

城田から乞われた男性が、なにごとかと不審げに満智を見てくる。

「保険の勧誘がしつこくて。お願いします」

「違います。わたしが伺ったのは別の用です」

なんの用ですか？　と問われたものの、満智は次の言葉をためらった。浮気をされた相手の妻です、とは言えない。

「行きましょう、所長。よろしくお願いします」

釈然としない表情をしつつも、うちは取引のある保険会社があるのでと言い残し、男性は城田とともに道を渡っていった。

城田の住所はわからない。こちらも探偵かなにか雇うべきだろうか。不動産会社に勤める城田なら、佑典が暮らせる部屋を用意することができる。佑典と城田はきっと、満智と連絡を絶つことで自分たちの主張を通そうとしているのだ。いったいどうすればいいのかと、満智は頭を抱える。

だがだんだん、自分はなにをやっているんだろう、という気にもなってきた。一年ほども、佑典は自分を騙してきたのだ。佑典が戻ってきたところで、自分は彼を許せるのだろうか。佑典からも問われたその答えを、満智はまだ返していない。自分には仕事があるから、岳斗とふたりで生活できるだろう。こういう出ていき方をした以上、岳斗を渡す必要はない。家は手放すことになるがかまわない。星空を眺めたいから山に近いほうがいいと、佑典が選んだ内陸部だ。最近はいつ星空を見たというのだ。一週間ほど前に納戸から扇風機を出したが、隣にあった天体望遠鏡も寝袋も埃(ほこり)を被っていた。岳斗とふたりなら都心部のマンションのほうが便利だ。どうせなら慰謝料ももらおう。会社の法務部に弁護士を紹介してもらい、城田の対応は任せよう。

と、そこまで考えて、これでは城田の思う壺だと気がついた。それは悔しい。だがどうすれば佑典と連絡が取れるのか。

堂々巡りの問いを止めたのは、深夜にかかってきた電話だった。城田からだ。

自分は着信拒否をしておいて、なにを考えているんだ。

そう思い、一度目は無視した。だがまたかかってくる。仕方がないので通話の表示をタップした。すぐさま城田の叫び声がする。

「佑ちゃんをどこに隠したんですか！」

なにを考えているんだこの女は。

満智は再び思った。いや再びではない。毎回思っている。


あたしに連絡を取らせないなんてひどい、と一方的にわめき続ける城田の話を整理するとこうだ。佑典に猛省を促すために、しばらく連絡を取っていなかった。佑典が根負けするのを待っていたところ、満智が訪ねてきた。嫌な予感がして佑典に電話をしたら、電源が入っていないか電波の届かないところに、というアナウンスが聞こえる。何度かけても同じで、これは満智の作戦ではないかと考えた。自分との連絡を取らせないために、わざと逆のことを言ったのではないかと。作戦に乗せられるのは悔しいが、自分はそんな妨害になど負けないと言いたくて、電話をかけてきたのだという。

城田がどこまで本当のことを話しているのか、満智にはさっぱりわからない。城田のほうこそ、わざと逆のことを言う作戦なのではないか。

とはいえ、佑典が会社に連絡をしていないというのは、やはりおかしい。翌朝、満智は警察に行った。ただ、相談を受けてくれた警察官の反応は鈍い。

「浮気相手がいるんでしょう？　そちらに確認されたほうがいいんじゃないでしょうか」

それはもう済んでいて、相手は知らないと言っている、会社にも連絡がない、という話を繰り返したが、担当の警察官は困り顔だ。

「浮気相手が嘘をついているのでは。最初は、ご主人を隠しているような態度だったんですよね」

「わたしでは埒があかないんです。彼女を調べていただけませんか？」

満智が頼んでも、それはできないと断られる。

「酷な話をしますが、ご家族からも浮気相手からも逃げたかった、というケースは多いですよ。自殺をほのめかすような言動はありましたか？　または誰かから脅迫に遭っていた、ストーカー被害を受けていた、トラブルがあった、認知症が疑われるといったことは」

それらのことがあれば特異行方不明者として積極的な捜索が行われると、満智もネットから知識を得ていた。だがなにもない。佑典の会社にも確認した。城田が最大のトラブルだ。

水曜以降に起きた事件事故に、佑典が巻き込まれていないか確認してもらったが、見当たらない。それでも行方不明者届は受理してくれ、なにかあったら連絡をするという約束を取りつけた。なにもなければそのままなんだろうかと、満智は不安になる。

行方不明時の服装はスーツと革靴。ネクタイの色柄はわからなかった。満智は不在で、岳斗も記憶していないという。なによりも満智は、佑典が持っているネクタイをすべて把握しているわけではない。城田からもらったのか、覚えのないものが何本もあった。普段着の類もそうだった。銀行口座も家計用しか知らない。仕事で忙しくてと言い訳をすると、警察官は呆れていた。

監督不行き届き、そう責められているような気がした。

満智は時間有休を取っていたが、思いのほか警察で時間を食い、会議に遅れてしまった。槙野先輩が進めてくれてたからいいですよ、と言われたが、自分が提案した会議だけに肩身が狭い。会社の誰にも、佑典のことは話していなかった。

昼休みに、義兄の逸郎から電話がかかってきた。警察に行く前に、実家に行っていないか確認していたのだが。

「佑典、殺されたってことはないよな?」

義兄が、突然言う。

「変なこと言わないでください」

「いや、さっき母さんが職場に電話をかけてきて、佑典の幽霊を見たって言いだしたんだよ」

「それ、本物の佑典さんじゃないんですか？　どこでです？」

逃げた先は実家近くだったかと、満智は勢い込む。大学時代の友人たちにはそれとなく訊ねていたが、高校以前の付き合いはよく知らない。帰ったら年賀状を調べねばと思う。

「それがさあ、仏壇のそばだそうだよ。声をかけたらふっと消えたって言うんだ」

「お義母さんに霊感があるって、聞いたことないんですけど」

夢でも見たんだろうか。年老いた義母にまで心配をかけてしまったのは申し訳ないが、そうも言っていられなかった。

「俺も聞いたことないけど、あまりに母さんがしつこいから、どうなのかなって。似たような事件もあったじゃない。嫁に隠れて別の女と交際してて、結婚も約束して、抜き差しならなくなって殺しちゃった、警察官か誰かの。こないだそっちからの帰り道で、そっくりだなと思いながら運転してたんだよね」

その事件は満智も知っていたが、被害者は女性のほうだ。結婚してくれると信じていた女性を、配偶者のいる男性が殺したのだ。全然違う。

ということを柔らかな言葉で義兄に話したが、いいや、と言い張る。

「あの子、なにをするかわからなそうだったじゃないか。満智ちゃん、保険の勧誘とかいう嘘、つかれたって言ったじゃない」

「嘘つきだし、佑典さんを隠しているかもしれないけど、殺したりはしないでしょ。だって佑典さんが死んだら自分のものにならなくなりますよ」

そう言ったものの満智は、待てよ、と思った。自分のものにするために殺してでも手に入れようとしたり、自分のものにならないならいっそ、と思う人間もいるだろう。

「そ、それに、体格差があるでしょ。女性が男性を殺すのは大変ですよ」

まさか、という思いを否定したくて、満智は反論を重ねる。

「毒殺という方法があるじゃないか。毒殺は女の犯罪だって昔から言うよ」

「どこから毒を？」

「探偵が身近にいるんだろ？　調達方法くらい聞けるさ」

そんな探偵などいるわけがない。あのとき話していたのは盗聴器のチェックと、孤独死があった部屋の片づけぐらいだ。……待てよ、と再び思う。城田もまた、孤独死があった部屋に立ち入ることはあるのだろうか。死体に慣れていたりするだろうか。

自分の考えに囚（とら）われてしまって、義兄との電話をどんな風に終えたのか、満智は覚えていない。もう一度警察に相談しようか。一笑に付されるだろうか。女性が男性を殺すとしたらどんな方法があるんだろう。そのやり方は、孤独死からヒントを得られるものなんだろうか。湧き上がる不安と疑問で、満智はまともに仕事ができなかった。

翌日は土曜日、休日だ。朝の弱い満智に、岳斗がトーストと卵の簡単な朝食を作ってくれた。満智と佑典が教え込んでいるので、岳斗も、味付けにばらつきがあるとはいえ多少の料理はできる。もっともトーストと卵では失敗しようがないが。

岳斗には、警察に行く前に全部話した。城田が佑典と結婚しようと思っていたことまで、すべてをだ。岳斗は呆れ顔で、馬鹿じゃないか、と繰り返していた。佑典を指して言ったのか、城田を指しているのかはわからない。

警察から満智に電話があったのは昼だ。佑典が見つかったのかと満智は声を明るくしたが、違った。

「ご主人と連絡がつかなくなったのは水曜日とのことですが、あなたはその日、どちらにいらっしゃいましたか?」

相手がそう問うてくる。

「出張で、朝は大阪に泊まっていて、昼に名古屋、夕方に東京の会社に戻りましたが」

「帰宅は何時ごろです?」

「夜、八時半ぐらいです」

それらを証明する人は、と問われ、やっとアリバイ確認だと満智は気づいた。

「なぜわたしを疑っていらっしゃるんですか」

いやあ、と苦笑の声が聞こえる。

「形式上というか、一応です。あらゆるケースを想定したうえでの」

「城田ですね。城田が、わたしが夫になにかしたんじゃないかと訴えてきたんじゃないですか？　城田のほうが怪しいですよ。水曜は休日です。城田を調べてください」

「ええ、まあそれはね、おいおい」

城田からのアクションの有無を、言葉を変えて再度訊ねてみたが、相手はのらりくらりと返答するだけで、はっきりしない。念のためお子さんをお願いしますと言われて、岳斗にスマホを渡した。

「はい。加藤岳斗、十六歳、高二です。……………はい、母の帰宅は八時半ぐらいだったと思います。……………いえ。水曜の朝は僕が先に出ました。スーツ、着てて。ネクタイはまだしてなかったかも」

スピーカー機能を使えば相手の声も聞けたと気づいたのは、岳斗との話が終わってからだった。戻された電話は、引き続き捜していますので、というだけで終わる。

「どうしてわたしが疑われなきゃいけないの」

満智はスマホに向かって吐き捨てた。

「形式上って僕には言ったけど」

それ自体は嘘ではないだろうと、満智は思った。城田が警察に、満智が怪しいと訴えたのだ。警察は細かく調べるつもりはないのか、新幹線の時間さえ問わなかった。確認したという形を作るために電話をかけてきただけに違いない。妻も浮気相手も小うるさいと思っただろう。佑典が逃げだすのもわかる、なんて感じられたとしたら大迷惑だ。

城田はなにを考えているのだ。

これも城田の作戦なんだろうか。騒いでわたしを疑わせるための。警察の捜査がどんな状況か知るための。佑典がすべてから逃げたかったと思わせるための。

本当に、城田は殺してないんだろうか。

「岳斗、あなたお父さんと同じくらいの身長よね。お母さんより小柄な女性に殺されるなんて、考えられる？」

「変なこと考えるなよな」

岳斗が眉をひそめる。

「殺されるなんて思わないから油断するよね。後ろから重いもので殴ったら死ぬよね。身長差も、お父さんが座ってたら、ないと同じだよね。湯船に浸かってるときに、たとえばドライヤーなんかを、コードがコンセントに刺さってる状態で入れたら感電死するよね」

「母さん?」

「毒なんてまず売ってないって思ってたけど、業務用のなにかを知ってるかもしれない。高濃度の洗剤とか殺鼠剤とか。煙草も、あれ、ニコチンでしょ。煮詰めて注射するとか」

「ストップ! そういうこと考えるなよ。病むよ」

「だっておかしいじゃない。お父さんが失踪なんてするはずない」

佑典が、そこまで馬鹿なことをするとは思えない。家族だけでなく仕事まで捨ててどうやって生きていくというのだ。

「するはずない浮気、したんだろ」

岳斗が、そっけなく言った。満智は胸を撃ち抜かれたような気分になった。鼻の奥がつんとしてくる。

「ご、ごめん。ごめん、その、泣かせるつもりじゃなくて。僕はその、はずはない、はないんじゃないかって言いたかっただけ」

岳斗が焦っていた。おろおろとした顔は子供のころに戻ったようで、満智はおかしかった。菜々穂を亡くして泣いていたころに、幼いながらも慰めてくれたと思いだして温かな気持ちになったが、岳斗は友だちと約束があると、そそくさと出ていった。

岳斗が言うように、はずはない、なんてないのかもしれない。

だとしたら、城田に殺されるはずはない、もない。殺したとして、じゃあ死体はどうしたんだろう。城田の休日は水曜日。時間はたっぷりある。

城田のことは、まさに探偵でも雇ったほうがいいのではと考えていた翌日曜日の夕刻、本人が満智の家にやってきた。

「あなた、どういう神経をしているの？　ここに夫はいませんよ」

「本当ですか？」

城田は不動産会社の制服姿だった。

「本当に決まってるでしょう。帰ってください。だいたい、あなた警察に、まるでわたしがなにかしたかのような――」

「家の中を捜させてください」

許可もしていないのに城田は家に上がり込む。待ちなさいと言っても、リビングダイニング、納戸、トイレ、風呂、と順にドアを開け、階段を駆けあがっていく。満智は追った。

「やめなさい。常識がないにもほどがあるでしょ」

段の途中で腕を取った。

「佑ちゃんが電話にでないなんてありえない。本当は隠してるんでしょ」

「馬鹿を言わないでください」

「言葉だけで信用しろと？　現地を確認するのは当然でしょ」

満智の頭に血がのぼった。なにが現地だ。うちはあんたの店の物件じゃない。

「危ないよ、そんなとこでごちゃごちゃと」

頭上から、岳斗の声がした。

「見たら納得するっていうなら、好きにさせればいい」

それだけ言って、岳斗は自分の部屋に引っ込んだ。言質をとったとばかり、城田は二階へ上がった。夫婦の寝室、岳斗の部屋、と見ていく。岳斗は呆れ顔のままだ。

「わかったでしょう？　もう帰って」

「車を見せてください」

言い争いをするのも面倒になって、満智は鍵を手にした。表に出ると、いつの間にか雨が降ってきていた。車はステーションワゴンでトランクなどないと言ったが、城田は助手席の下まで覗き込んだ。

「子猫を捜してるんじゃないんだから」

「もちろんです。今捜してたのは、あたしのピアス。この間送ってもらったときに落としちゃって」

「あったの？」

「なかったです。お気に入りだったんだけどなあ」

満智はわざとらしくため息をついた。

「気は済んだでしょう？　もう帰って」

「駅まで送ってくれませんか？　雨降ってきたし。仕事抜けだしてきたんです」

図々しいにもほどがある、と満智は呆れたが、城田はすでに助手席に座っている。岳斗の前ではしづらい話もあったので、満智は免許証を取りに戻った。

「あなたいったい、夫のどこがよくてそんなにこだわっているの」

「全部」

木で鼻をくくったような返事だった。真面目に答える気がないのだろう。駅まで二キロ。車ならすぐだ。満智は早速本題に入った。

「母親に花嫁衣装を見せてやりたい。そう言いましたよね。無理よ。夫が戻ってきてもこなくても」

「無理じゃない。佑ちゃんはあたしを選んでくれる」

「わたしが同意しない。結婚も離婚も、双方の合意がなくてはできない。花嫁衣装を見せたいなら夫のことは諦めて、早く独身の男を見つけること。それが一番」

「……あたしたちの邪魔をするつもりですか」

怖い顔で睨んでくる城田を、満智は横目で確認した。

「邪魔もなにも、最初から間違っているでしょ。社会には、ルールというものがあるの。誰かと結婚している人とは結婚できない」

「正論を押しつけないで」

「正論以前に、あたりまえの話でしょ」

「佑ちゃんはあなたのそういうとこ、嫌いだよ。正しいこと押しつける人、苦手だし」

城田の声が意地悪くなる。煽(あお)りに負けてはいけないと、満智は思う。

「そう。でも正しいことは正しいの。あたりまえのこともあたりまえのこと」

「だけど佑ちゃんは渡さない」

城田がギラギラした目で見てくる。

渡さない、という言葉に満智はひっかかった。どういう意味だろう。適当に言っているだけなのか、それとも既に手に入れている？

「ちょっと。渡さないってそれ、どういう」

「あ、駅。ちょうど赤信号。ここで降ります」

城田がシートベルトを外す。すぐ先にあるロータリーの信号は赤になったが、車はまだ動いている。警告の音が鳴った。

「シートベルト締めて。答えて」

ちっ、と舌打ちが聞こえた。

このまま方向転換して、どこかにこの女を連れていってやろうか。山か、川か。殴って、佑典の行方を訊きだす。そのぐらいやっても許されるんじゃないだろうか。

満智の脳裏に願望が浮かぶ。今まで抱いたことのない気持ちだ。足は、ブレーキに乗ったまま。車が減速していく。いやまだ間に合う。アクセルに踏み替え、ハンドルを切るのだ。

ふとフロントガラス越しに、誰かが大きく手を振っているのが見えた。あれは陽子だ。どうして陽子が？ と思う。

前の車が停まった。満智もそのまま車を停めるしかなくなった。

「じゃ、失礼します」

薄笑いを浮かべた城田がドアを開けて降りていく。雨を避けたいのか小走りだ。入れ違いのように陽子がやってきてウィンドウを叩いた。

「スマホにメッセージ送ったけど既読にならなかったから、どうしようかと思ってたま、ダメならタクシー捕まえるんだけど」

ウィンドウを下げると、陽子の声が聞こえた。

「どういうこと？ どうして？」

「家に行っていい？ って書いたんだけど、通知のプレビューも見てなかった？ でも嬉しいな。こうやって会えるなんてつながってる感ある。ほら満智さん、金曜日、ようすがおかしかったじゃない。時間あるし、顔だけでも見ようと思って」

助手席に乗り込んできた陽子が、にこにこしながら言う。片手に持ったワインらしき包みを掲げた。佑典は酒を飲まないが、満智はつきあい程度なら飲める。陽子は底なしだ。

「陽子ちゃん……。陽子ちゃんありがとう」

満智は助手席の陽子に抱きついた。涙があふれてくる。長年泣いていなかったのが嘘のように、ここのところ涙腺が弱い。しかし今の涙は、感謝の涙だ。

陽子の顔を見ていなかったら、城田になにをしたかわからない。自分は箍（たが）が外れかけていた。そう思う。

信号が青になり、クラクションの音が聞こえた。満智は車を発進させた。コンビニの駐車場に入って、陽子に今までのことを話す。陽子はバツイチとあって理解が早い。慰め方もうまい。涙が止まらなかった。あまりに泣きすぎたので危ないと、家までの道は陽子が運転を代わってくれる。陽子は狭い場所への車庫入れもうまかった。そこからはふたりで宴会になった。岳斗は呆れたようすで、食事だけ済ませて自分の部屋に引っ込む。

翌朝、満智が起きると、岳斗はすでに学校に行っていた。食卓に、たまにはサボれば？ と書かれたメモとスポーツドリンク、薬が置かれていた。休むわけにはいかない。

明日からは出張だ。

佑典のことを、ふっきれたような気がした。

ひとりでも岳斗を育てていける。城田の好きにするがいい。

佑典がいる、と満智が気づいたのは、二週間少し経った日のことだ。珍しく早く帰ることのできた夕闇の駅で、去っていく後姿があった。見慣れたスーツに、なぜか帽子を被っている。満智は追った。近づいてやっと、帽子が随分汚れていることに気づいた。前に回り込んで別人だと気づく。

「すみません、人違いを。でも、あの」

相手は無精髭を生やし、肌も垢じみていて、ホームレスのように見えた。しかしスーツは佑典のものとそっくりだ。

「失礼ですが、スーツの内側のネームを見せていただけますか」

「嫌だ」

男が背を向け、小走りになる。満智は懸命についていく。

「待って。お礼はします。お願いだから」

そこまで言うと、男は止まった。五千円札と引き換えにスーツを見せてもらうと、Y・KATOと縫い付けがあった。

「佑典の。あなた、それどこで。佑典になにを」

なにもしてないし関係ない、と言いながらも男は、てのひらを上に向け、満智に突きだす。満智は応じた。一万円札を渡す。

「角の向こうの公園にあるゴミ置き場の袋にあった。捨ててあったからもらっただけだ」

「いつですか？」

「半月かもう少し前か。水曜か土曜、とにかくゴミの日の朝だ」

「……服、だけでしたか？　靴とか、鞄とか」

「服だけ。他は知らない」

「それ、返してください。お金は払います」

駅前で適当な服をみつくろい、財布にあった現金も渡し、満智はスーツを引き取った。

満智の胸の奥で、暗く不穏なものが渦巻いている。

なぜスーツが捨ててあったのか考えてはいけないような気がして、しかしさまざまに想像をめぐらし、家までのバスで酔ってしまった。降りて、家に向かうまでの足取りが重い。

車の前に、自転車が置いてあった。

逃げだしたい気持ちを抱きながら家に駆け込み、玄関の靴箱を隅から隅まで見た。納戸も確認する。叫びそうになりながら階段を上がる。岳斗の部屋の扉を開けた。

「ノックをせずに開けるのは、よくない。そう言ってなかった？」

文句を言う岳斗に、スーツを見せる。

「駅近くの公園にスーツが捨てられてた。ホームレスの人が拾って着てたの。お父さんがいなくなったのは水曜日だって証言したのは岳斗。いなくなった時の服装がスーツだというのも、岳斗が言っただけ。捨てたのは誰？」

「お父さん自身じゃないの？　会社に行くふりをして失踪したんだろ」

「さっき玄関の靴箱を確認したら、スニーカーがひとつなかった。今ごろ気づいたのはうかつだったけど、いつもの革靴がなければそれを履いていったと思うでしょう。たとえばお父さんがスニーカーで出ていったとする、服も靴も鞄も捨てたとするよ。でもお父さんなら別々に捨てる必要はない。ホームレスの人が拾ったのは服だけ。それらを別々に捨てる理由は、隠す必要があるからだよ。分散させて、怪しまれないように。水曜の朝は岳斗しかいなかった」

満智は、岳斗をじっと見る。

「お父さんをどうしたの？」

「なにそれ。僕が殺したとでも？　お父さんのスニーカーがない、イコール、自分で歩いて出ていったってことじゃん。革靴を捨ててスニーカーを履かせるなんて面倒なこと、なんでするの」

「靴箱だけじゃない。納戸も確認した。寝袋がふたつ、随分使っていないはずなのに埃が取り払われてた。天体望遠鏡の埃もなかった。どういうことかな」

「あの城田って人と使ったんじゃない？」

「いいえ。それならもっと以前から、使われた跡があったはず。扇風機を出したときにこの目で見た。埃を被ってた。出したのは城田さんが接触してきた直後、お父さんがいなくなった日より一週間ほど前のことだよ。火曜の夜、お父さんはスニーカーを履き自分で歩いて家から出た。寝袋ふたつと天体望遠鏡を持ち、車で山に向かった。岳斗と、ね。久しぶりに山で星空でも見ようとかなんとか言って、誘ったんじゃないの？」

「僕がお父さんと星空を見にいったのだとして、それがどうしたわけ？　そのあと一緒に家に帰ってきて寝た、それだけだろ？　だって車はうちにあるんだから」

それが岳斗にとっての砦なんだろう。岳斗は十六歳でしかないから。でも。

「免許を持っていないということと、運転ができないことは違うよ」

「どこに証拠があるのさ」

「陽子ちゃんが来た日、車を車庫に入れたのは、陽子ちゃんだった。休日は岳斗の自転車は車庫の奥にあるよね。その状態のまま入れていた。わたしは動揺していて翌朝の月曜日のことに考えが及ばなかった。朝も岳斗が出かける前に起きられなかった。岳斗は、通学に使う自転車を、どうやって車より外側に出したの？　岳斗が車を動かすしかないでしょう。あの狭い車庫に綺麗に入れられるなんて、運転に慣れてる証拠」

　岳斗はなにも言わない。

「教えたのはきっと、お父さんね。それこそ山のほうで、人の来ないところで。わたしに内緒にしていたのは、そういうのは法律違反とか口うるさいことを言うから」

　細かくいくつか、勘違いをしたり、させられていたことがあったと、満智は思い返す。

　出張から帰った日、岳斗は作り置きのおかずを食べていた。佑典が作ったと思っていたけれど、あれは岳斗が作ったのだ。佑典が火曜の夜に家で料理を作ったと思わせるために、わざわざ見せたのだろう。でも味付けを間違えたのか、満智が食べないようお腹が空いていると言い訳をして、返事も聞かずに自らの皿によそった。

　城田が佑典を殺したのではと、満智が不安を口にしたときに諫めてきたのは、殺人の可能性や方法、タイミングについて考えさせたくなかったからだ。城田でなければ誰がやったのかを突き詰めていくと、岳斗に行きつく。

　満智自身も思いこみの罠にはまった。城田がさも佑典と一緒にいるようにふるまったのは、満智が傷つくからだ。

「本当のことを言って。岳斗」

　岳斗がこぼれるように小さく笑った。

「間違えてなかったな。やっぱりお母さんのほうが頭がいい」

満智は言葉が出ない。息も止まりそうだ。

「どうふるまうべきかなんてわかるはずじゃん。なのにあいつ、目の前のことしか考えてなくてさ。ひっかかった女がトンデモなのもまずかったけど、お母さんに責められたからって楽な逃げ道を探して」

「逃げ道？　逃げるって言ってたの？　お父さんが？」

「比喩的表現だよ。もしお母さんが離婚すると言いだしたらついてくる気があるか、聞かれた。現時点での経済力はあいつのほうが上かもしれないけど、自分の不始末だろ。取られるものの大きさを考えてない。あの女を選ぶリスクをわかってない。しかも僕が、久しぶりに一緒に星空を見にいこうって言ったら、尻尾をふる犬のように嬉しがった。馬鹿だ。……そう、お母さんの言うとおりだよ。僕が連れだして始末した」

岳斗こそ馬鹿だ、と満智はわが子を見つめる。岳斗の腕をつかむ警察官の幻が見える。

「……岳斗、教えて。それは何時ごろ？　どこでなにをした？　……首を絞めたの？　頭を殴ったの？」

なんてことをしたんだと、泣きたかった。岳斗の肩をゆすりたかった。でも泣いてもわめいても佑典は戻らないのだ。

あの日、出張で泊まったホテルは新大阪駅から近い。最終の新幹線で東京に戻り、始発で大阪に行ってチェックアウト。ギリギリ間に合う。

身代わりになろう。岳斗はもう十六歳、大人と同じように裁かれてしまう。でもまだ十六歳、五十年も六十年も人生は続く。

「バレやしないよ。山間(やまあい)の道で、足を滑らせて谷に落ちちゃった事故。そう思われる。頭を殴ったのも、近くに落ちていた石を使った。滑り落ちる途中で頭を打ったってわけだ」

「そんなに簡単にはいかない」

「だいじょうぶだってば」

「じゃあお父さんはどうやって家から移動したの？　車は家にあるんだよ」

「電車だろ」

佑典はなんの用があってそこに行った？　誰にも見られることなく行ける場所だというの？

「もっと詳しく話して。財布はお父さんが持ったまま？　スマホは？」

「しつこいなあ。どうしてさ」

「警察はそんなに甘くない。もしもバレたときにはお母さんが身代わりになるから」

岳斗が目を丸くした。

「それじゃ意味がない！　僕が守りたかったのはお母さんなんだよ。お母さんは菜々穂が死んだあと一生分泣いて、そこからもう二度と泣かなくなった。なのにあいつはまた、お母さんを泣かせた」

それが動機？

満智は心臓が苦しくなった。城田が家に来たあの日、岳斗はお腹が空いただなんて素知らぬふりをしながら、涙を見ていたのか。全部気づいていたのか。

「わたしのために？　わたしのせいってこと？」

「違う。あいつが正しくないことをした。あいつのせいだ」

岳斗を厳しくしつけたのは自分だ。正しくないことはいけないとわからせた、つもりだった。だからこそ自分が。

「手は打ったからだいじょうぶだよ。事故じゃないとバレても疑いがあの女に向くよう、ピアスをポケットに忍ばせておいたから」

ピアスと言われて満智は思いだす。城田が助手席の下にないか捜していたものだ。岳斗が見つけたのか。

「ダメよ。それに城田さんにだってアリバイを証明する人がいるはず」

「賭けてもいいけど、いないよ。部屋からあまり出ないタイプだ。親しい友だちもいない。当日のことは知らないけど、この一、二週間調べた感じではそうだ」

調べた？　と困惑する満智の耳に、電話の音が聴こえた。スマホではなく家の電話だ。

それどころじゃないと思いながらも、無視してはいけないような気がして廊下に出た。子機がそこに置かれているのだ。

聞き覚えのない男性の声がした。

「すみません、娘の部屋に書類があったのでお電話しています。なんと言うか……、奥さまには大変、大変申し訳ないことをいたしました。それでその、……娘と連絡がつかず、なにかご存じのことはないかと」

訊ねるまでもないのに、満智の口が勝手に動く。娘さんって？　と。

「失礼しました。城田と申します」

監督不行き届きと、義兄から放たれた言葉が突き刺さる。佑典は、岳斗への監督不行き届きを死をもってあがなった。自分があがなうべき相手は、電話の向こうにいる。

05

復讐は神に任せよ

この街は分断されている。眼下に流れる小川が境目だ。向こう側には緑が多く、こちら側は建物が多い。緑が多いのは開発が遅れているからではない。むしろ豊かさの象徴だ。古くからの寺社や広い敷地の一戸建てがゆったりと並び、財を成した企業人や政治家が住んでいる。そんな土地に憧れを持った人々が、川のこちら側に箱型の小さな家で暮らす。縦横斜めの空間に見知らぬそれぞれが並ぶさまは、ビンゴカードにも似ている。窓が開いてもアタリは出ない。

十一階建てのマンションの階段、八階の踊り場に、暖かい夜の風が吹いた。若葉の香りが漂う。

数週間前に越してきて以来、わたしは毎日ここに立ち、向こう側の、もっとも敷地の広いその家を睨(にら)む。日は落ちて、自分の目ではもう見えない。けれど方向だけで見当はつく。

いっそ爆弾でも落ちればいいのに。

だめだ。それはもったいない。自分の手で葬ってやりたい。家や金でどれほどまでに護られている人間でも、死から逃れることはできない。そこだけはいくら裕福だろうとわたしたちと同じ。

握った拳に力が籠る。許さない。許してはいけない。

琳を、わたしのたったひとりの息子を、殺したのはあの女だ。なのに目を逸らし、のうのうと生きている。

殺されてもいい人間は、いるはずだ。

「やめなさい！　死んだってなんの解決にもならないわよ！」

突然、背後から声をかけられ腰を抱かれて、そちらへと引っぱられた。わたしはバランスを崩してしまう。踊り場なので少しはスペースもあるが、転がり落ちたらただの怪我ではすまない。手すりを持って踏ん張った。

「なにをするんですか。危ないじゃないですか」

わたしはうしろを振り向いた。白髪の女性が、ひきつった顔をしてわたしを見ている。

「危ない？　え？　危ないのはお嬢さん、あなたでしょ。そんなところにずっと立ったままで。……あの、いやだ、違うの？」

強い口調だった女性の表情が、見る間にうろたえていく。

「自殺するとでも思ったんですか？」

「思うでしょ。あなた、夕方もここに立っていたじゃない。私、ちゃんと見たのよ。なのに買い物から帰ってきたら、まだいる。一時間以上も経ってるっていうのに」

階段には灯りがついている。下の道路から見上げれば、わたしの姿も確認できる。とはいっても、見ず知らずの他人だ。彼らでさえ、すぐには気づけなかったのに。

「星を見ていただけです」

「夕方から星を？　本当に？」

女性がいぶかしんでいる。

嘘だ。嘘だからといって、この人には関わりのない話だ。でも、誰だろう。服装はこざっぱりとして、顔立ちにも品のある女性だ。このマンションは築二十年ほどだが、エントランスにはオートロックがついている。階段の降り口もエントランスを越えた廊下の先で、外から入ることはできない。住人のひとりなのだろう。このマンションに長居するつもりはないが、余計な波風は計画の邪魔になる。

「宵の明星を真っ先に見つけたくて。ご心配には及びません。ありがとうございます」

わたしは仕事用の穏やかな笑顔を作り、軽く頭を下げた。女性は納得したのかどうか、バツの悪そうな照れ笑いを浮かべてうなずいた。

「そう。その……じゃあ私、失礼するわ。お嬢さんも風邪をひかないようにね」

取り繕うように早口になった女性はそのまま廊下へと歩き、エレベーターのボタンを押した。別の階の住人のようだ。

わたしは童顔だが三十四歳、お嬢さんではないし、五月も終わりが近くて風邪の季節でもない。親切な女性を慌てさせてしまったとみえる。申し訳なかった。

エレベーターに、チンと到着の音がした。

女性はすぐには乗り込まない。下りる人間がいるようだ。わたしは腕時計を確認する。そろそろといった時間だった。

下りてきたのは、やはり村谷（むらや）の義息、市橋伸臣（いちはしのぶおみ）だ。わたしは女性の姿が見えなくなるまで待つ。急ぎ足で廊下を行く伸臣を追いかけ、玄関の前で声をかけた。

「こんばんは」

振り向いた伸臣が、害虫でも見つけたかのように眉（まゆ）をひそめた。

「新里（にいざと）さん……。なんのご用ですか」

「ご挨拶をしただけですよ。こんばんは」

「……ご挨拶もなにも、あなた、この階に用なんてないでしょう。越してこられたのは二階ですよね」

「覚えていてくださったなんて嬉しいです」

「覚えてなんていませんよ。あの部屋で事件があったから知っているだけです。あんな部屋に越してくるなんて物好きな人もいるものだと思ったら、まさかあなただなんて」

「マンションの価値が事件で下がったんですものね。住人の方にとってはさぞ頭の痛いことでしょう。でももっと以前から、経年や賃貸が増えたことでずいぶん下がっていたんじゃないですか？　だから市橋さんも、ここを売ってお金に換えようとはしなかった。それともそんな必要などなかったからですか？」

自分でもいやらしいと思う言い方で、相手を煽った。ここは、もとは分譲で売り出されたマンションだが、二十年が経ち、マイホームとして暮らしている人も少なくなってきた。転売されたり、賃貸に出されたりで、無責任な人間も増えた。

わたしもそんな無責任なひとりに数えられるだろう。賃貸で入っている。前の住人が事件を起こしたおかげで瑕疵物件となって空きができ、追いつめるチャンスとばかりに隣の区から越してきた。ひとり暮らしには広すぎるが、暮らすことが目的ではないので狭くても広くてもかまわない。市橋家は分譲組で、マンションは伸臣側の親の遺産だ。子供に大金をかけざるをえなくなり、暮らしはカツカツ。今も引っ越すことはできないはず。

その大金こそが、なによりの問題だ。

「価値なんてどうでもいい。僕らはただ、静かに暮らしたいだけです。……たしかに、新里さんの、その、ご子息には申し訳ないことをしました。だけど賠償もいたしましたし、義父は牢屋の中です。これ以上、なにをすればいいんですか。僕らを苦しめることであなたの気持ちが楽になるのだとしたら、僕ら以上に、あなたは……あなたは……」

「不幸ですか？　むなしいですか？」

「……いやその」

「不幸でもいいんです。だって琳はもう生き返らないんですから。それ以上に不幸なことはないんですよ」

わたしはにっこりと笑い、伸臣をさらに追い詰めた。

「僕を家に、入らせてください……」

「どうぞ。止めていませんよ。玄関を開ければいいだけです」

押しいってくるとでも思ったのだろうか。それではこちらが不法侵入を問われる。

「お帰りください。僕らにはもうなにもできない」

「そんなことはないですよ。真実をお話しいただければ、それだけでじゅうぶんです。琳を殺したのは誰ですか」

伸臣が顔をゆがめ、扉を叩いた。

「真実は！　真実は明らかになっているでしょ？　義父が琳くんをはねた。そして逃げた。本当に……本当に申し訳ないと思っていますよ。義父を殺したいなら僕に止める権利はない。あなたは罪に問われますけどね！　けど義父は義父で、僕らは僕らだ。これ以上僕らにつきまとわれても……」

声が震えていた。三十半ばの男が泣くようすを見ると、もうひとつ別の記憶が蘇る。夫も、死ぬ間際に泣いていた。わたしと琳を置いていくことになって、辛くてたまらないと。なぜ病魔は、自分を襲ったのだと。

小さく、扉が内側から叩かれる音がした。あなた、と震える声も聞こえる。

わたしは我に返った。追い詰めたいが、追い詰めすぎるのも得策ではない。こちらが強く出ればその分、相手は防御を固める。

苦しめたいわけじゃない。教えてほしいだけだ。

「失礼いたしました。帰ります」

「新里さん、僕らは本当に……」

「また来ます。今度は偽りのない真実を教えてください」

「偽りのない真実って、いや、だから……」

「おやすみなさい」

わたしは踵を返し、廊下を行く。背中に怖いほどの殺気が突き刺さる。だけど彼らは騒げない。マンションに住む、ほかの人の目がある。わたしは彼らの逃げ道を塞ごうと、ここにやってきた。

最低だ。最低の人間だと自分でも思う。

だけど琳を殺した本当の犯人を、つきとめたいのだ。

琳が死んだのは、八ヵ月前のことだ。

その前の年に夫が他界し、わたしは生活のために、いっとき辞めていた看護師の仕事に復帰していた。琳は小学校の一年生。学童保育で、学校近くの施設に移動し、わたしが迎えにいくまで過ごす。それが毎日のルーティーンだった。わずか半年で終わってしまったけれど。

その日の学童保育で、保育園時代からの仲のいい友人に、家庭の事情で早いお迎えが来た。親戚に不幸があったかなにかの理由で、学校も数日休むという。その友人が帰ったすぐあとで、琳は借りていたえんぴつを返し損ねていると気がついた。そんなものいつでもいいではないかと大人は考えるが、琳は、思いついたらすぐに行動する性格だった。

友人を追って施設の部屋を飛びだし、道まで出て、琳はそこで車にはねられた。

目撃者はいなかったようだ。

あたりは住宅街。ちょうど雨が降りだしたばかりで人通りもなかった。琳の友人も、そのまま遠くへ行く予定だったらしく車で来ていて、とうの昔にいない。

琳をはねた車は、逃げた。

突然外に出ていった琳を追った学童保育の職員も、倒れている琳を助けることにしか考えが及ばず、車についてはまったくわからないと言った。

それでも日本の警察は有能だ。琳の身体には車の塗料片がついたらしく、それをもとに車種を割りだし、付近の防犯カメラの映像から、多分この車ではないか、というアタリをつけた。

ひき逃げ犯が逃げおおせることなどできない、そのメッセージが正しく伝わったと、のちに警察は言った。たしかに車は割りだせた。ボディには衝突の痕が、わずかながら残っていたそうだ。ただ、つきとめられるのは車であって、運転していた人とはかぎらない。

逮捕の前に自ら出頭してきたのは、村谷善政（よしまさ）という六十過ぎの男性だった。運転手というのか、雑用係というのか、ひき逃げの現場と隣接している区——今住んでいるこの街にある屋敷の使用人だ。国会議員を務める、神奈月（かんなづき）家の。

車は議員の娘、亜矢（あや）のものだ。亜矢は二十六歳で、とある音楽大学の大学院に籍がある。勉学に励んでいるというより、学生の身分を温存しながら名誉欲を満足させられる音楽活動と遊びを愉しんでいるといったほうが、ふだんの彼女の行動には相応（ふさわ）しい。

村谷は妻に先立たれてひとり暮らしだった。彼は言った。雨が降りそうで、ベランダの洗濯物が気になっていた。午後に空き時間ができたため家に戻ろうとしたが、自分の車の調子が悪い。そこで亜矢の車を無断で借りた。子供をはねて逃げたのは、勝手に借りたことを知られてはいけないと思ったからだ。車についた傷は、駐車場で荷物の出し入れをした際にこすったと言い訳していた。洗濯物のことは、あまりのショックで忘れていた、と。

誰がそんな話を信じる？

洗濯物が濡れたまま放置されていたという目撃談も、村谷の車がたびたび故障していたという証言も、彼の説明を裏付ける証拠ではない。

だが、警察は村谷の話を真実であるとして、捜査を止めてしまった。驚くほど早く裁判が行われ刑が確定し、村谷は塀の中だ。

車を運転していたのは亜矢ではないのか？　亜矢にはピアノのレッスン中というアリバイがあったが、そんなものは講師を抱き込んでしまえばなんとでもなる。だが警察はもちろん、マスコミに告発しても動かない。SNSのアカウントを取って訴えてみたが、誹謗中傷の行為があるとしてアカウントが凍結された。神奈月家からは、名誉棄損で告訴を検討すると通達がきた。

いくら雇い主の娘とはいえ、ひき逃げの罪を被る人間などいない。

みながそう言うし、わたしもそう思ったこともあった。だが、村谷のことを調べるなかで、彼の娘一家の事情を知った。娘、優加(ゆうか)の子である市橋匠(たくみ)がアメリカでの臓器移植手術を望んでいたこと。その費用を賄(まかな)うためのネット募金をはじめたばかりだったが、ほどなくサイトを閉じてしまったこと。そして匠が、村谷の裁判を待たずに渡米し、その手術を受けたこと。億単位の金が要るともいわれるその費用を、誰が負担したのか。

答えは明白だ。孫の命と引き換えであれば、村谷はどんな罪でも被るだろう。わたしだってそうする。もう、琳はいないけれど。

証拠はない。村谷本人に会えない以上、娘かその夫か、市橋家の人間に訊ねるしかないのだ。

匠は琳よりひとつ年下だ。手術後日本に戻り、今は健康を得て小学校に通いはじめた。優加は外で働いていないようで、午後すぎになると匠は近所の子供たちとマンションの周囲で遊んでいる。病気だったとは思えないぐらい、いや、今まで病気だったからこそか、よく笑い、喋り、楽しそうだ。匠を見ていると、琳もあんな風に遊んでいたのだろうと想像する。だから匠を苦しめたくはない。ただ、これ以上、調べる方法が見つからない。

簡単には口を割らないだろう。だから優加と伸臣にプレッシャーをかけて、確証を得たいのだ。そこから先に、彼らを巻き込む気はない。神奈月家のことも調べたからだ。政治家とあって表向きの顔はいいが、警察、検察関係者とつながりがあった。亜矢の罪を村谷に押しつけることは容易かっただろう。マスコミ、ネット、わたしが両方から無視されたのも当然だ。真実を世に知らしめようとしても、権力によって握りつぶされてしまう。

ならばやるべきことは、ひとつだけ。


頭を冷やしたくなって、八階から二階まで、階段で下りてきた。

わたしが借りた部屋は、前の住人が自殺している。妻と隣室の住人との不倫を知った夫が、隣室にいた妻を殺し、自分は自室で首を吊ったのだ。不倫相手も重傷を負ったが、死にはしなかった。だがさすがに人の目があって引っ越した。どちらの部屋も賃貸で、それぞれの部屋で人が死んだため、両室とも瑕疵物件だった。不動産仲介会社ではどちらの部屋がいいかを問われ、家賃の安いほうにした。担当者から、そちらの部屋で亡くなった方が犯人ですがよろしいですか、と念押しをされた。

今は個人病院に勤めているが、わたしがかつて勤めていたのは大学病院だ。人の死は身近にあった。関わってしまったこともある。誰かが死んだ部屋だといって怖がるのは非科学的だし、それでは入院さえできない。嫌だという人の気持ちは、わかるけれども。

部屋に戻って、チェストの上の小さな仏壇に手を合わせた。仏壇には琳の写真と夫の写真を置いている。琳がいなくなり、再び仕事も辞めて引きこもっていたときは昼夜の区別もわからずなにも食べられなくなってしまったが、目標ができて、それを達成する手段を求めてまた別の病院に勤めはじめてからは規則正しい生活をしている。琳と夫にも食事をしてもらいたい気持ちが生まれ、毎日多めに用意して、ふたりに供える。矛盾しているとは思う。誰の死んだ部屋でも怖くないし、祟られるなんてないと考えている。幽霊などいない。そう思う一方で身内に対しては、見えないだけですぐそばにいるかのように扱っている。

ママっておかしいよね、琳。写真にそう呼びかけたとき、隣の部屋との境の壁に音がした。

さすがにぎょっとして、息を呑む。

壁をじっと眺めてみるが、これといって変わったようすはない。しばらく見つめたあと、ふと思いついてベランダに出た。隣との仕切り板の脇を覗く。

部屋から灯りが洩れていた。誰か引っ越してきたようだ。物好きな人もいるものだと思ったが、知らない人からは自分もそう見えているに違いない。それに気づいて笑ってしまった。

翌日の金曜日、ふだんどおりに出勤した。

今の病院に勤めることにした理由は、ふたつある。唯一の医師である院長が高齢で、なにかとチェックが甘いこと。そして、神奈月家の近くにあること。亜矢も神奈月の家族もここには来ない。風邪程度であっても、最新の設備を整えた病院に行く。都合の悪いことがあれば、体調に関わりなく入院させてもらえるようなところに。琳のことを訴えに行ったため、亜矢には顔を知られている。近寄りたいのではなく、わたしは見張りたいのだ。

亜矢はたいてい、車で行動している。唯一の例外は、犬の散歩だった。

亜矢の飼っている犬種はコーギーだ。かなりかわいがっているようで、亜矢が自ら散歩をさせる。それでも日焼けはしたくないとみえ、早朝か、夜になってからの散歩だ。夜は防犯のためか使用人らしき女性と歩いているので、狙いは早朝だ。散歩コースになっている神社のそばの道は、ふだんから人通りが少ない。なかでも土曜の朝は、亜矢以外の誰もその付近で見かけない。

決行は土曜日。それがこの数週間、亜矢を観察して得た答えだ。

できれば明日、そうでなくてもなるべく早い時期に決行したい。散歩のスケジュールなんていくらでも変わる可能性がある。

ほかにもいろいろと調べてある。亜矢は人をいじめることに罪悪感を持たないらしく、小学校に通っていたころからトラブルを起こしていたようだ。いわゆる女王様の位置にいる人間で、逆らうものは許さない。いじめた相手が転校したおかげで問題がうやむやになったことがある。別のいじめた相手が自殺未遂を起こして学校からいなくなったこともある。どれも噂にすぎないが、重なると納得もする。大学は芸術系とあって、さすがに実力がすべて、女王様ではいられなかったようだが、それでもお気に入りを従えて遊びまわっている。使用人や父親の秘書に対しても、気に入らなければ理由をこじつけてクビを切らせる。

やっぱり亜矢は、殺されてもいい人間だ。

だが万が一ということがある。わたしがしたいのは琳の復讐。亜矢にいじめられた人やクビになった使用人たちの復讐ではない。

琳を殺したのは亜矢だろう。だけど確証がない限りは動けない。いくらなんでも誤って殺すわけにはいかない。

間違いや取り違えなど絶対に許されない。

亜矢のことを考えていたため、険しい表情になっていたのだろう。院長から、顔が怖いよとたしなめられた。

午後の診察まで終わると八時になっていた。伸臣が帰宅する時間もそろそろだ。

今日、答えを得られれば、明日には決行できる。だが昨夜のこともあるし、話に応じてくれるだろうか。作戦を変えたほうがいいかもしれない。泣き落としてみようか。絶対に他言はしないと約束して。

そんなふうに思いながらマンションまで戻ると、エントランスで昨夜の白髪の女性とはちあわせた。ちょうどよかった、と女性が話しかけてくる。

「ちょっと手伝ってほしいことがあるの。でも男の人や知らない人を部屋に入れるわけにいかないでしょ？　あなたに会えて助かったわ」

わたしだってじゅうぶん知らない人でしょうに。そう思ったが無下にもできない。なんでしょうかと返した。

「部屋に貼りたいものがあるんだけど、椅子に乗ったら立ちくらみがしてしまって。でも早く貼りたいの。昨夜ちょっと怖かったの」

「貼る、ですか？　すみませんが、わたしちょっと用があって。そのあとでもいいでしょうか」

「ええ。それまでここにいるわ」

「ここに？　お部屋に戻られたらいかがですか。どちらでしょう。お訪ねしますよ」

「二〇三号室。須田光恵と申します」

え、と声に出てしまった。隣だ。怖いというのは、瑕疵物件に関するなにかだろうか。

わたしも、隣の住人だと名乗るべきだろうか。

逡巡していた間に、誰かがエントランスを通り抜けてマンションの中へと入っていった。あっと目をやったときにはもう遅い。伸臣は急ぎ足だ。逃げられてしまった。

「お知り合いの方？」

興味深そうな表情でわたしを窺い、須田が訊ねてくる。

「いえ」

「そう。あの、ご存じよね、二〇三号室のこと。不倫した妻が殺された部屋」

含み笑いを浮かべる須田が、わたしと伸臣のことも誤解しているように感じたが、そこは反応しないまま、知っていますと答えた。伸臣が逃げてしまった今、用もなくなってしまったが、すぐに行っては誤解を深めかねない。二十分後にまいりますと言った。

「隣です。二〇二号室。新里夏帆です」

「新里さん？……隣？ そう。心強いわ。これからよろしくね」

須田が、心底嬉しそうな顔をする。正直なところ、わたしは市橋家以外のマンションの住人とはあまり関わりたくない。だがなにも言わないでいるほうが、不審に思われるだろう。

二十分間、自分の部屋で時間を潰して廊下に出ると、須田はそこで待ち構えていた。案の定、貼ろうとしていたのは神社のお札だった。

「そちらの洋室でお亡くなりになったそうだから、そこは使わないことにしたの。だからこの扉とその上にお札を貼ってほしいのよ」

須田の指示に従って、長方形の紙を貼っていく。これにどれほどの効果があるんだろうか、素人が貼ってもいいんだろうか。いくつか疑問が浮かんだが、口には出さなかった。出してどうなるものでもない。須田の気が済むようにするのが一番いい。

だがつい、口をついて出た問いがあった。

「なぜこの部屋に住もうと思ったんですか」

部屋のオーナーの関係者なんだろうか。瑕疵物件は、一度誰かが住んでしまえば、次にはそういった部屋だと通知しなくても済むと聞いたことがある。

「他になかったからよ。五十八歳です。歳を取ると、部屋を貸すほうが躊躇しちゃうのよね。火事を出されるとか急に死なれるとかがあるんじゃないかって。だけど私、見かけほど年寄りじゃないのよ。見かけがこんなだから、上に思われてしまうのね」

まさに六十代後半という印象だったので反応に困ったが、言われてみれば声がしっかりしている。今日もこぎれいで上品な服装だ。髪を染めれば年相応に見られるのではと思ったが、最近はグレイヘアが流行りとも聞く。意図的にそうしているのかもしれない。

「弱いのよ、肌。かぶれてしまうの」

わたしの表情を読んだのか、よく訊かれているのか、須田は答えをくれた。

「だけど若い人にも突然死はあるし、事件に巻き込まれることもあるのにね。この部屋にいた人みたいに。……ああ、ありがとう。これでゆっくり眠れそうだわ」

「それはよかったです。では、失礼します」

わたしは椅子を食卓のそばに戻し、退室しようとした。

「あら待って。お礼にお食事をごちそうさせて。……あ、ご家族が待ってるかしら」

家族が、というところには答えず、もう用意がありますので、とだけ言った。

では、と改めて玄関へ向かおうとして、ぎょっとした。

わたしが持っているものと同じタイプの小さな仏壇が、目に入った。写真立ても同じくふたつ。
五、六十代ほどの男性と、制服を着た少女だった。高校生ぐらいだろうか。
「……ああ、それね。二年前に夫がね。もう一枚は、娘。幸せそうな顔をしてるでしょ。名門高校に入って、遠距離通学だけどがんばるって言って、実際、がんばってたのに……」

須田の声が沈む。

「それは……お悔やみ申しあげます」

「いやだ、ごめんなさい。気を遣わせてしまったわね。だいじょうぶよ。もう、覚悟はしていたから――」

泣き声になっていきそうだった。須田の嘆きを受けとめる余裕が、申し訳ないが今のわたしにはない。失礼しますと、そそくさと部屋をあとにした。

自分の部屋に戻って、琳と夫の写真を眺めた。須田はわたしの、二十四年後の姿かもしれないと震えた。

翌日土曜日の決行はできず、犬を散歩させる亜矢を眺めただけで終わった。今日も、他の人の姿を見かけない。それだけに、神社に潜んでいる自分が怪しく思えた。眼鏡と帽子で変装もしているが、何日も繰り返していては気づかれかねない。

早く、早く確証をと念じる。

土曜日の午後は休診だ。今日は暑いから、琳の好きなアイスを供えよう。そう思って買い物をした帰り道、マンションの近くにある小さな公園で、子供たちが楽しそうに遊んでいるのを見かけた。追いかけっこなのか鬼ごっこなのか、中央の広いあたりで走り回っている。公園の向こう側は小川になっていて、春はその小川との境に桜が咲く。今はすっかり葉が茂って、涼しい木陰を作っている。

子供特有の甲高い声を、琳を亡くしたころは辛くて聞けなかった。だが、今は平気だ。走り回る子たちのなかに、琳が交ざっているような気がするのだ。そうであればいいと夢想する。

あ、誰か転んだ。あれは匠だ。

匠は同世代より小柄で足も遅いというハンデはあるが、全身で生を愉しんでいる。今までを取り返すかのように、懸命にやんちゃをしている。

それでも転べば痛い。地面に座ったままべそをかいている匠のところに、他の子たちが走り寄った。ポケットを探っている子を見るに、ハンカチかなにかが欲しいのだろうか。

わたしは公園へと入っていった。ティッシュペーパーも持っていたし、絆創膏もある。

「よかったら使って」

子供たちに近寄って、両方を重ねて差しだした。

と、その手をはたかれた。

「やめて！　うちの子に近づかないで」

怖い顔で睨んできたのは、村谷の娘、優加だった。木の陰にいたようだ。

「なにもしてませんよ。怪我をしたようだから差しあげようと思って。でも本当は流水で洗ったほうが」

「そのぐらい、知ってる。あたしがやります！」

優加は、匠を背後に隠すようにした。周囲の子たちが、優加の剣幕に、わたしたちを見ながらじりじりと下がっていく。

「匠、あとできれいにしてあげるから、向こうでみんなと遊んでいて。すぐだから」

そう言われた匠は、ひきつった顔をして、でも、とつぶやく。

「いいから！　早く！　走って！　この人には絶対近寄らないで」

強い口調に身を固くした後、匠は走っていった。子供たちも彼を追いかける。

優加は低い声でわたしに言い放った。


「匠は関係ないでしょう」

そばに誰もいなくなったのを確認して、優加は低い声でわたしに言い放った。


「ええ。だからなにもしてません。する気もありません。わたしは琳の死の真相を知りたいだけです」

「だからそれは、父が」

「あまりにも不自然です。雇い主の娘の車をわざわざ使いますか？　孫と同じ年頃の子どもをはねておいて逃げますか？」

「あたしは父ではないからわかりません。夫もです」

「じゃあこれなら答えられますよね。匠くんの手術費用はどこから出たんですか。億単位が必要ですよね」

優加が、わたしを強く見据える。

「募金です」

「ネット、見ましたよ。開始してすぐにサイトを閉じられてましたよね」

「それ以外だってありますよ。親戚も知人も夫の会社の人も」

「誰からいくらもらったんです？　本当は神奈月家からじゃないんですか？　村谷さんが罪を被る代償として出してもらったんじゃないですか？」

「知りません。父と匠のことは関係ない」

「市橋さん、お願いです。あなただってわたしと同じ立場になったら、わたしのように必死になって真実を求めるでしょう？　本当のことを話してください。話しても、あなたたちには迷惑がかからないようにしますから」

は？　と優加がいぶかしむ。

「迷惑がかからないって、なに？　今、じゅうぶん迷惑、かけてるじゃないですか。あたしたちにプレッシャーをかけて、無理やり話をさせるつもりで引っ越してきたんでしょ。あたしたちはずっと、本当のことしか言ってない」

「とても本当のことには思えません」

「思えなかろうがなんだろうが、本当なの！　あなたの妄想に巻き込まないで」

「市橋さんは悔しくないんですか。お父さんを犯罪者にされて。あなたたちの住む八階からは、神奈月の屋敷が見えますよね。毎日見ていて、怒りは湧いてきませんか？」

「やめてください。犯罪者だなんて」

「犯罪者でしょ。ひき逃げですよ」

だったら、と優加が唇を歪めてつぶやいた。

「新里さん、あなたはなんなんですか？　一度もミスを、間違いを犯したことのない人間なんですか？」

「ミスって。琳が死んだのにミスだなんて軽い言葉で……」

激しい怒りで、内側から爆発しそうになった。息が苦しくなる。

「医療ミス」

と、優加の言葉で、その息が止まりそうになる。

「そう言うじゃないですか、病院のミスで人が死んだとしても。同じでしょ。たしかに軽く聞こえるけど、あたしは言葉の話をしてるんじゃない。あなた、看護師さんですよね。いっとき、辞めてたことありますよね。大学病院に勤めていて、お子さんを産んでもすぐ復帰したぐらいなのに、四年ほど前に突然、辞めた。同じころその病院で、大量のインスリンを誤って投与されて亡くなった方がいた。あなた、その医療ミスに関わっていたんじゃないですか?」

「……知りません。病院を辞めたのは、夫に病気が見つかったからです。それに、あの病院にそんな医療ミスはありませんでした」

わたしは平静を装い、優加の顔を見据える。募金だと答えたときの優加と同じだ。動揺を悟られないように、強がるのだ。

「たしかに噂レベルの話だったけど。で、でも噂にすぎないというのも、本当かどうかわからないじゃない。だってそれって、あなたの言ってることと変わんない。多分そうなんじゃないかって話だもの。……父がやったことは本当に申し訳ないと思っています。だけどあたしたちにはそれしか言えない。なにもできません。もう関わらないでください」

優加が背を向けた。匠の名を呼び、マンションのほうに連れだって行ってしまう。ふたりの背中を、ただ見送るしかなかった。次の言葉が出てこない。足が動かない。

医療ミスは、あった。

1型糖尿病の患者に、間違って大量のインスリンを投与してしまったのだ。低血糖に陥って意識不明となり、そのまま亡くなった。医師が単位の桁数を取り違えたという、指示ミスだ。関わったわたしも、おかしいと気づけなかった。ちょうどそのころ、琳が体調を崩していたのだ。わたしは寝不足で注意が散漫になっていた。

若い、たしかまだ二十歳前後の女性だった。病院は、死因には別の理由をつけたはずだ。遺伝的要因に生活習慣が加わって発症するといわれる2型糖尿病とは違い、1型糖尿病は原因が正確にはわからず、小さいころから発症することも多い。血糖のコントロールは可能だが、亡くなった女性の場合は腎臓へも合併症が出てきていて、他にもいくつか持病があった。だがそのミスさえなければ、今も生きていたはずだ。

医師は自分のミスを認めず、その後も堂々と勤務を続けていたが、わたしは患者に接するのが怖くなった。女性の家族の泣き声が、恋人らしき若い男性の責める声が、耳から離れない。また同じことをしたらどうしようと手が震えた。辞めれば、医師はわたしのミスだと吹聴するだろう。それはわかっていたが、耐えられなくなった。

夫に病気が見つかったのはもう少し後だ。死んだ女性に恨まれたかと頭をよぎったこともあったが、仮にも医療従事者の考えることではない。

夫が死んで、わたしは再び看護師の仕事に復帰した。いくら怖くとも、この先、琳に遺せるものは十分な教育しかない。他の仕事との収入や条件の差に目を瞑ることはできなかった。子供をかかえてひとりで生きていく以上、弱音など吐いてはいられない。

ただ、わたしが仕事をしていたせいで琳を学童保育に預けることになり、結果、亜矢にひき殺された。因果などないとわかっていても、涙が尽きない夜にはそう考えてしまう。……いや、仕事をせずに生きていくことなどできない。それはまた別の話。悪いのは、あの女なのだ。

「あなた、ねえ新里さん、エコバッグからなにか垂れてるわよ」

誰かが道のほうから声をかけてきた。ぼんやりとしたまま、そちらに目を向ける。隣室の須田が公園へとやってくる姿が見える。

「ああ、えっと、ああ……アイス。やだ融けちゃった」

持っていたエコバッグは布製だった。せっかく琳のために買ったのに。

「そりゃそんなとこに突っ立ったままじゃ。……やだ、どうしたの、泣いてるの？」

泣いている？　と問い返そうとして、はじめて涙を流していることに気づいた。

「だいじょうぶ？　具合でも悪いの？」

「平気です。平気……」

琳に対しての涙なのか、自分に対してなのか、死なせてしまった女性に対してなのか、わからない。

ただただ泣けてきて、思わずしゃがみこんでしまった。

心配だからとわたしの部屋までついてきた須田は、仏壇を見て神妙な表情になった。その後、ご挨拶させてねと手を合わせる。

「おいくつ?」

「六歳です。……でした。琳といいます」

視線が琳の写真のほうに向いていたので、そう答えた。

「どうなさったのって、お訊ねしてもいいのかしら」

「車にはねられて。それ以上は訊かないでください」

「そうね。私も娘の死因は言いたくないもの。ずっと、嘘であればいいと思ってた。……あなたも辛かったでしょうね」

ずっと、か。須田の娘の写真は、十六、七歳に見えた。須田は自分を、五十八歳だと言っていた。高齢出産だった可能性もなくはないが、もう時間が経っているのだろう。何年が過ぎようと、大事な人間を亡くした辛さが消えることはない。

わたしもこの先、須田の歳になっても、琳と夫の写真をそばに置いたまま生きていくのだろう。

捕まらなければだけど。

いや。亜矢を殺せば捕まるだろう。動機はじゅうぶん。殺害の手口からもわたしが浮かぶ。情状酌量は望めまい。神奈月家も手を回すはずだ。

ふいをつき、亜矢にインスリンを大量投与しようと思っている。低血糖からの意識低下を狙うのだ。その上で刺殺する。急所となる場所はわかっているが、気の強い相手なので反撃もあるだろうし、ひと刺しで仕留められるとは思えないからだ。犬も問題だ。吠えるようなら同じようにして眠らせる。だができれば巻き添えにしたくない。どこかに逃げてほしい。

インスリンはもう手に入れてある。そのために、わたしは今の病院に入った。

「新里さん、どうなさったの？　ぼんやりして」

「あ、ええっと、もうだいじょうぶです。さっきは子供たちが遊ぶようすに、ちょっと辛い気持ちになっただけです」

嘘をつく。須田は親切でいい人そうだが、頭の中にあることを伝えるつもりはない。

「私にできることがあるならなんでも言ってちょうだい。私はあなたより少し先輩だと思うの。歳はずいぶん先輩だけど。なんて、おこがましいわね、むしろ母親よね。あなたは娘ぐらいの歳だもの」

「ありがとうございます。だけどわたし、三十四です。お嬢さんの倍ぐらいの歳ですよ」

「とてもそうは見えないわよ。それに倍だなんて、そんなこと」

生きていれば、今ごろ彼女の娘はわたしぐらいなんだろう。わたしもこの先、そうやって琳の死んだ歳を数えるのかもしれない。

「夫もね、最後の最後まで娘のことを心配していたの。私と娘を残して死ぬのは嫌だって」

「それはうちも……」

と返しながら、計算が合わないことに気がついた。昨日、須田は、夫は二年前に他界したと言った。だったら娘の死も、二年前よりあとになる。三十四歳のわたしは、高校生だった娘の倍の年齢で間違ってはいない。

聞き流せばいい程度の矛盾だと、追及しなかった。わたしに気を遣っただけかもしれないし。なにより、須田が先に言った。

「でもまだまだあなたは若いじゃないの。あなたには未来があるでしょ」

「……未来?」

「そうよ。私にはもう老いて死んでいく未来しかないけれど、あなたにはたっぷりと時間がある。誰かいい人が現れて、その人との間に――」

「やめてください！」

思ったよりも強い口調になってしまった。だが、漂う暗い靄にも似た不快な気持ちは収まらない。

「琳も夫も、誰かで代わりになるものじゃないです。わたしにとって、かけがえのない宝なんです。それを……」

琳を亡くして何ヵ月か経つと、いろんな人間が、忘れて前を向けと言った。わたしのことを心配していると言いながら、わたしのこころをえぐっていった。

「わかってる。私だって同じ気持ちなんだから。それでもあなたはまだ若いの。この先もずっとひとりだと思わないほうがいい」

「やめて。帰ってください。お願い、帰って」

ごめんなさいと言いながら、須田が玄関へと向かった。扉の開く音がする。もう一度、ごめんなさいねと声がして、扉は閉まった。

わたしは返事をしなかった。

日曜は、琳と夫のビデオを見てすごした。写真、メール、ビデオと、デジタルデータがたくさん残っている。しかも手の中に収まっている。どうしても見てしまう。忘れられない。

須田は、こういうものを見ようとしないのだろうか。忘れるためには見るなと勧めてくるのだろうか。……やめよう。不愉快な人間のことなんて考えないほうがいい。うっかりとでも部屋にあげたのは間違いだった。あとはもう無視を貫こう。どうせこのマンションに長居はしないのだ。

ベッドに入ってビデオを眺めていたら、いつの間にか眠っていた。

夢の中に、亜矢の飼っている犬が出てきた。きゃんきゃんとずっと鳴いている。インスリンを打って黙らせなくてはと思うのに、かわいそうでできない。あの犬は飼い主の危機にどう反応するだろう。逃げてほしい。さもなくば鳴かずに、ただ静かにそばにいてほしい。そうすれば犬までは殺さずに済む。

翌日の月曜日は朝早く起きてしまった。寝るのが早すぎたせいだ。亜矢が犬を散歩させている時間よりもずいぶん早い。

昨夜の夢が気になっていた。犬の散歩以外は、ほぼ車で行動している亜矢だ。犬を巻き添えにせずに手を下すタイミングがない。いっそ大学院のほうに行こうか。どうせ事件後には捕まるのなら、人がいようといまいとかまわない。いや待て。邪魔をされてしまっては二度とチャンスがない。となればやはり、決行は土曜日の朝だ。

今日はどうしよう。顔を合わせてしまうリスクを考えると、あまり亜矢のようすを窺いにいかないほうがいいだろうか。

逡巡しながらも、つい支度をしてしまう。玄関の扉を開けて外に出る。

須田とはちあわせてしまった。

話しかけられないようにそのまま戻ろうとしたところ、須田もまた大きな鞄を隠すようにしながら顔を逸らした。腰に巻いているウエストポーチと擦れて音が出る。

きゃん、と鞄から鳴き声がした。

「犬？」

思わず口に出てしまう。

「あ、なんでもないの、これは」

そう答える間にも、きゃん、と鳴き声が漏れる。

「あの……、ここ、ペット禁止ですよ」

「ちょっと預かっただけ。友だちから。ペットじゃないの」

須田がそそくさと自分の部屋に入っていった。

わたしは呆れていた。須田はお節介で無神経だがそれなりに品もあるし、お節介さが気にならなければいい人の部類だと思っていた。だが常識がないのではないか。

よそう。須田には関わらないと決めたじゃないか。どうでもいい。わたしは部屋に戻った。須田の部屋の扉が、開閉する音が聞こえた。

昨夜の夢は、隣から犬の鳴き声が漏れ聞こえたためかもしれないと気づいたのは、病院に着いてからだった。結局、亜矢のようすは見にいけなかった。


そこから二、三日、打つ手もなく過ごした。亜矢のようすを確認するのも避けた。月曜から水曜は午後の診察があるので、帰宅のタイミングが伸臣と近くなる。マンションのエントランスや八階の廊下で待っていたが、伸臣はわたしを無視して部屋に駆け込む。須田とは顔を合わさずに済んでいた。隣室からたまに鳴き声が聞こえるところをみると、犬はまだ友人に返していないのだろう。

木曜の診察は午前だけだ。帰り際、院長から振込みを頼まれた。コンビニでできるから行ってほしい、領収書は明日でいいと言う。

コンビニでできるなら自分でやればいいし、看護師の仕事ではないと思ったが、インスリンを盗んだ負い目もある。笑顔で受け取って、病院をあとにした。

病院の場所は住宅街とあって近くにコンビニがなく、大通りへと向かう。

レジカウンターで手続きをしてもらい、その場を離れようとしたときだ。

「あら、失礼」

女性客の持っていた鞄が、肘にぶつかってきた。

いえ、と答えながら相手の顔を見て、血の気が引いた。亜矢だ。どうしてコンビニなんかで買い物をしているのだ。セレブ御用達とやらのスーパーマーケットやデパートに行けばいいのに。

亜矢と目を合わせてしまった。変装をしていない。まずい。

「なあに？　そんなに強くはぶつけてないはずよ」

不快そうに、亜矢は眉をひそめた。わたしがうつむくと、亜矢は拒絶の色を乗せた背中を向け、奥へと行ってしまう。

……気づかれてない？

しばらく商品を見るふりをしながら、棚と棚の間からちらりと見える亜矢を窺った。亜矢はつまらなそうな表情をして、なにか物色しているだけだ。

わたしの顔を覚えていないのだろうか。

困惑にとらわれたまま帰途についた。

あれだけ何度も訴えに行ったのに、覚えられていない。あれだけ警戒していたのは、無駄な努力だった。

亜矢にとって、わたし程度の人間は記憶する価値などないのだろう。琳を車でひいたことも、なんとも思っていないのだろう。だからこそ、ひき逃げなんて行為ができたのだ。

煩悶(はんもん)していた頭に怒りの焚き木をくべているうちに、身体全体が熱くなってきた。踏みだす一足一足から、煙が上がりそうだ。

いつの間にか、マンション近くの公園まで来ていた。子供たちのはやしたてる声が聞こえる。

冷静にならなくてはと、公園の緑を眺めた。

土曜日は中央の広いあたりで走り回っていた子供たちが、今日は奥のほうに集まって、桜の木を見上げている。がんばれ、ダメ、そんな声が聞こえた。

なにごとだろう、とつい公園に足を踏みいれて驚いた。二本の桜の木のそれぞれに、男の子がひとりずつ登っている。桜の木は公園と小川との境の、公園の側に植えられていた。男の子たちの姿は茂る葉の陰になって見えづらい。つまり幹のこちら側ではなく、小川のほうの枝の上にいるのだ。

「きみたちなにをやってるの。危ないよ」

そう声をかけたところ、集まっているなかのひとりが答えた。

「だいじょうぶだよ。オトコ同士の勝負なんだ！」

「桜の木は折れにくいってパパに聞いた」

本当なんだろうか。遊具からの子供の落下事故による来院は、たまに見かける。ましてや木の枝だ。ヒビが入っていたり腐っていたりもする。

「僕のほうが高いーっ」

一方の木から声がした。

「背が高いだけじゃん！」

応えた声は匠だ。わたしはあたりを見回した。今日は優加はいないのか？　いや、いたなら、こんな危険なことは絶対にさせないだろう。男の子というのは、まったく。

「戻りなさい。枝の先のほうに行くと危ないから——」

そう言ったとたんに、匠は足を滑らせた。

と、腕がひっかかり、なんとかその枝につかまる。だが足をもう一度かけられる枝は、近くにない。子供たちが、わあ、と悲鳴を上げる。

わたしは公園と小川を隔てる柵を乗り越えた。幸い、向こう側の川岸はコンクリートの擁壁（ようへき）ではなく、下草の茂る短い斜面だ。足元を滑らせつつ、匠のそばまで走り寄る。

手を伸ばすも、指先が足に届かない。

「手を離して。ちゃんと受けとめるから」

「怖いよぉ」

どこかの枝にひっかからないかと足をバタつかせている間に、匠の力は尽きたようだ。

突然、落ちてくる。飛びつくように抱きとめると、わたしの足が滑った。そのまま斜面をずり落ちてしまう。

五月の水は冷たかった。だが小川は水深が浅く流れも緩やかで、すぐに立ちあがることができた。腕の中で匠が泣いている。久しぶりに抱いた子供の柔らかさと暖かさに、顔をうずめたくなった。琳だったらよかったのにと思った。


夜になってから、優加が部屋に訪ねてきた。玄関を入ったところで怖い顔をして立っている。

わたしが木登り中の匠に声をかけたから落ちたとか、わざと川の水に濡らしたとか、まさかとは思うがそんなことを言いだすつもりでは。

警戒して見構えるわたしに、優加は怖い顔のまま頭を下げた。

「匠を……、助けてくれてありがとう」

わたしは拍子抜けした。

「……あ、はい」

「新里さんは、お怪我、ないですか？　風邪とか、だいじょうぶですか？」

優加は硬い表情のままだ。

「平気です。匠くんは？」

「今のところはなにも。早寝をさせました。……今日は、あたしが病院に行っていて、匠はお友だちと一緒だからだいじょうぶだと油断して、こんなことに」

「でも、片時も目を離さず見ていることなんてできませんし」

そう応えると、優加は視線を止めて黙ってしまった。どこを見ているのだろう、と振り向いたうしろに、仏壇の扉の端が覗いている。

「……亜矢さんです」

聞こえるか聞こえないかくらいの声で、優加がつぶやいた。

「え？」

「だから亜矢さんです。車を運転していたのは」

じゃあ、と優加が背を向け、あの、とまた向き直る。

「今、喋ったのはひとりごとですから。二度とこの話はしないし、あたしたちになにかをさせないでください。約束して」

「約束、します。……ありがとう。ありがとう本当に。でも、どうして急に話してくれたんですか。わたしが匠くんを助けたから？」

「それも、あるけど、……病院に……産婦人科。三ヵ月だったから」

「あ」

「なんか、黙ったままでいると、怖いことが起きるんじゃないかとか、頭に浮かんで。不安で。そう思いながら帰ってきたら、今日の匠のことを知って。お腹の子になんていうか、汚れ、みたいなもの、つけたくなくて。この子にまで、なにかを負わせたくなくて」

泣きそうな顔をして、優加が口元だけで笑った。

「ありがとう。……おめでとう、ございます」

わたしの言葉に、優加が顔を歪める。

「それじゃあ本当に、失礼します。……もう、これ以上、近寄らないでください」

優加が扉の向こうに消える。わたしは扉をずっと見つめていた。

汚れ、か。つい苦笑してしまった。それでもいい。

決行は明後日、土曜日。

そして土曜日の朝が来た。眠れずにいたわたしは、窓の外が明るくなっていくのをただ待つ。

鞄の中には、インスリンとペティナイフ。万が一、亜矢の連れている犬に嚙まれても動けるように、足にはサポーターをつけておく。もちろん手袋も用意した。時間を見計らって部屋を出る。神社で隠れて待つ予定だ。

予想どおり、土曜日のこの時間、神社の近くには人がいない。

深呼吸して、腕時計を眺める。また深呼吸。腕時計を眺める。一分も経っていないのに、またたしかめたくなる。

近寄り方はシミュレートしてある。そっと脇に寄り、まずはインスリンを注射する。それから琳を殺された恨みを伝える。

琳はどんなに苦しんだのか。どれだけ怖かったことか。そして宣言する。琳の命を奪った人間を、それさえも忘れた人間を、生かしておくつもりはないと。

身体がまるごと心臓になったかのようだ。早く。早く来てほしい。

きゃん、と、犬の鳴き声がした。

いざ、と神社の茂みから出ていこうとして、わたしは目を疑った。

犬が二匹。人間もふたり。

亜矢と、須田だ。

胸を張って歩く亜矢と、おもねるような笑顔の須田。このふたり、知りあいなのか？

わたしは困惑で足が止まった。と、須田が素早く周囲を窺う。腰に巻いたウエストポーチに手を入れて――

一瞬だった。

須田の手が、亜矢の腹の前にあった。離れると同時に、ぬらりとした赤いものが須田の握る手の先に見える。小型の包丁のようだ。十五センチほどで刃の背が厚い。亜矢が混乱した表情でうつむき自分の腹を見たと同時に、さらにひと突き。須田へと手を伸ばしかけた亜矢の指を、抜いたばかりの刃物で横切りにする。

亜矢がうつ伏せに倒れ込んだ。その背中にも刃物を突きたてる。

犬が激しく吠えていた。亜矢のコーギーだ。こちらに背中が向いている。わたしは飛びだして、その尻にインスリンを打った。須田の連れていた犬もまだ小さいがコーギーだった。こちらは戸惑ったようすで同じところをぐるぐる回っている。

「……どうして。どういうこと？」

「あらやっぱりね。狙うならこの場所よね」

須田の顔に、血が散っていた。薄く笑っている。

「ええっ？　わけがわからない」

「決まってるじゃない。娘の復讐よ。この女のせいで娘は死んだ。高校の校舎から飛び降りたのよ。遺書はなかった。学校も、周囲のすべての人間も、もみ消しに動いた。娘の命は、助かったから。……命、だけは。話すこともできないままベッドの上で九年。先月、その命も尽きた」

須田が足元に視線を落とし、靴先で亜矢を蹴る。亜矢はいくら足蹴にされようとも、身動きひとつしない。

わたしは噂を思いだす。亜矢のいじめた誰かが自殺未遂を起こしたという。

「同級生だったんですね。お嬢さんと」

ならばつじつまがあう。須田は、わたしが八階の階段から飛び降りるのではと誤解し、怖い形相で止めてきた。娘と重ねあわせたのだ。娘の遺影が制服姿の高校生だったのは、その後、写真を撮られることがなかったから。二年前に亡くなった須田の夫が、残していく娘と須田を最後まで心配していたことも納得できる。

「担任もクラスメイトも、いじめなどないと言い張っていたけど、調べたのよ。全部ね。もちろん調べる前から、誰がやったのか、誰であればもみ消せるかはわかっていた。そのうえ、過去にも似たようないじめをしていた。こいつに近づいて、娘の仇を討つ。私はそのためにこの街に来た。瑕疵物件に住んだのはいつでも引っ越せるようによ。住んでみたけど怖かったから解約する。そう言えば不審がられることはない。あなたにもその気持ちはあったでしょう?」

「……わたしのこと、気づいてたんですか」

「どこかで聞いた苗字だと、引っかかったの。こいつのこと、なんとかならないものか、ときどきようすをチェックしてたから。あなた、SNSでひき逃げのことを告発していたでしょう。すぐに消されてしまったけれど。……かわいそうに。ひどい目に遭ったのね」

興奮して目を輝かせていた須田が、表情を曇らせた。

「須田さんこそ、長い間ずっと……、ああ、こんな話をしてる場合じゃない。逃げなきや。人が来ます」

「いいの」

須田が首を横に振る。

「いいって、なにを言ってるんですか。さっき、逃げだせるように瑕疵物件に住んだって言ったじゃないですか。お札まで貼るほど怖かったんでしょう?」

「最初はそうするつもりだった。だけど考えを変えた。私は堂々と宣言してやるの。こいつを殺してやったと。こいつは人間のクズだと。娘がこいつに殺されたんだと」

「ダメですよ。情状酌量なんて望めない。相手は神奈月家です。警察にも検察にも知り合いがいる」

「だってこいつ、娘のことを全然覚えてなかったのよ。犬の散歩にかこつけて近づいて、それとなく訊ねたの。私のことを覚えてないのはこちらも想定済み。九年前とは風貌も違うし、気づかれないと思った。だけど自分が殺した相手よ。それを忘れるって……。そんな人間、殺されたって当然じゃない」

同じだ。亜矢は、琳も須田の娘も、叩きつぶした蚊かなにかにしか思っていない。

「新里さん、あなたこそ早く逃げなさい。やっぱりこの部屋は怖いって言って、引っ越しなさい。どこか遠くに行って、新しい生活をはじめるの」

須田が穏やかに笑った。

「まさか、わたしを関わらせないために？」

「逆よ。あなたより先に始末したかった。ずっとこの瞬間を夢見てた。横取りされてなるもんですか。こいつを絶対に許さない、でも私がなにかやって捕まったら娘の世話ができなくなる、娘のそばを片時も離れたくない、そう思って今まで堪えてきたんだから。さあ、行って！」

わたしは須田の声に押されるように走りだした。最後に、倒れて動かない亜矢の姿を目に焼きつけて。

自分の手で復讐したい。高らかにそれを宣言したい。

わたしにもその気持ちはあった。同じだ。

だから須田の気持ちもわかる。それでも……、彼女はわたしに手を汚させたくなかったのだろう。

自分と同じだから。

――歳はずいぶん先輩だけど。なんて、おこがましいわね、むしろ母親よね。あなたは娘ぐらいの歳だもの。

須田はわたしを娘として見ていたのではない。もうひとりの自分、まだ若い自分として見ていたのだ。

あの犬はどうなってしまうのだろう。友だちからちょっと預かったと言っていたけれど、違うはずだ。須田は亜矢に近づくために、同じ犬種を買ったのだろう。あの犬はまだ小さかった。

しばらくは警察が預かるという話も聞く。でもそのあとは？ 須田には親戚か誰かいるんだろうか。いっそわたしが引き取ろうか。もうあの部屋に住み続ける必要はない。須田の言うように、部屋が怖いという理由で出ていける。

マンション近くの公園まで戻ってくると、遠くサイレンの音が聞こえてきた。救急車だろうか。警察だろうか。わたしはそちらに視線を向けた。

あの状態なら、亜矢はもう助からない。

やっと笑みがこぼれる。

「新里夏帆さん、ですよね？」

と、誰かに声をかけられた。向き直ると、若い男性が立っていた。フードのついたパーカーを羽織っている。

「僕を覚えていますか？」

誰だろう。警察の人間には見えない。ひ弱そうだ。

「覚えてもいないんですね」

彼がそう言った瞬間、腹に熱い痛みが走った。

「丸江早織、その名前くらいは覚えてるだろ。せめて覚えていろよ、自分が殺した人間だ」

あ、と頭の中に情景が蘇る。

丸江早織は、四年前、大学病院で、インスリンの大量投与で亡くなった女性だ。家族の泣き声が、恋人らしき若い男性の責める声が、耳から離れなかった。この男性はあのときの恋人だと、やっと思いだす。

こわごわうつむくと、わたしの腹からナイフの柄が出ていた。

「違う。わたしじゃない。……あれは先生の指示が悪くて」

「じゃあどうして病院から逃げた？ 僕はあれから調べた。関わった医師にも確認した。あんたが自分のミスを押しつけてきたと言った。責めると、病院からも逃げたと」

身体の中で血の流れる音がする。腹は熱いのに、ほかがどんどん冷たくなっていく。

「逆……本当に、逆。先生のせい。わたしが辞めたのは、わたしは」

怖かった。耐えられなくなった。だから、だけど、逃げた。

「あんたは病院を辞めて引っ越した。最近もまた引っ越した。次々逃げるんだな。見つけるのに苦労したよ。でもやっとこれで、早織の復讐ができた。……僕ら、結婚しようって言ってたんだ。なのに、……あんたが！」

腹の異物が、ずるりと抜ける感触があった。と、すぐに別の痛みが腹を突く。まずい、これはもう。いや、まだ間にあうはず。

「わたしじゃない。先生は嘘を……。お願い、救急車……」

膝の力が抜け、わたしは倒れ込んだ。

「それならそいつも始末するまでだ。嘘つきがどちらでもかまわない。あんただって同じだ。あんたも早織を殺した——」

彼はわたしへ言葉を放った。そして駆けていく。

視界がかすむ。助けての声が出ない。

丸江早織という女性を、忘れていたわけじゃない。だけど見ないふりをして生きてきた。琳のため、生活のため、と言い訳しながら仕事にも復帰した。

わたしも、亜矢と同じだ。

——殺されてもいい人間は、いるはずだ。

彼は最後に、そう言った。名前も知らない彼が。あのときわたしは、その名を覚えようとはしなかった。

解説

杉江松恋（文芸評論家）

変な言い方だが、水生大海史上最もお値打ちな一冊はこれではないだろうか。だって全五篇、冒頭から最後の一行に至るまでまったく緩むことなくおもしろさが続くのである。『最後のページをめくるまで』という題名は伊達ではない。作者が自分がつけたのか編集者の手によるものか知らないが、看板に偽りはないのである。最後の一ページをめくるまで、まったく油断ができない。もう一回騙されるかもしれないし、とんでもないところから飛んできた流れ弾に当たってしまうかもしれない。他では味わえない、緊張感ある読書が楽しめるはずだ。ミステリーの初心者には絶対お薦め。もうたくさん読んでしまって、ちょっとやそっとのことじゃ驚かない、と高をくくっている人にもお薦め。つまりは誰にでも読んでもらいたいのがこの『最後のページをめくるまで』なのである。

収録作の初出を最初に書いてしまおう。書き下ろしの「復讐は神に任せよ」をのぞきすべて『小説推理』で「使い勝手のいい女」（二〇一七年五月号）、「骨になったら」（二〇一八年二月号）、「わずかばかりの犠牲」（二〇一八年八月号）、「監督不行き届き」（二〇一九年二月号）である。奥付を見ると、親本の単行本は二〇一九年七月二一日刊行になっている。だいたい半年に一篇というペースで収録作が書かれていることがわかる。作品の密度を考えると、それ以上早くは書けなかっただろうな、とも思う。

どのくらい濃密か。巻頭の「使い勝手のいい女」を例にとって説明したい。

「使い勝手のいい女」というのは、視点人物である〈わたし〉こと長尾葉月にかつて投げつけられた、心無い言葉だ。物語は葉月が柳刃包丁を研いでいる場面から始まる。数ヶ月前に勤めていた会社が倒産し、今はホームセンターでアルバイトをして食いつないでいる。気に入られたくて下手に出たのが尾を引いて、いつも無茶なシフトを組まれてしまう。

包丁を研ぎ、自らの境遇について思いを巡らせているところに、招かれざる客が押しかけてくるという形で話は進んでいく。最初にやってきたのは別れた恋人である智哉だ。葉月の友人である加奈と浮気をして、彼女を捨てた男。それが押しかけてきて「葉月を忘れられなかった」なんて鉄面皮に言い放つ。「使い勝手のいい女」だと思われているのだ、やはり。

一人で誰にも頼らず生きていこうとする者に世間は冷たく、理不尽な仕打ちをしてくる。逆境の中で気持ちをくじかれながら、やはり自分自身の力で生きていくことを止められずに、ついつい頑張ってしまう。そうした主人公たちの物語が多く書かれるようになったのは、バブル経済が崩壊して、世の中から余裕がなくなった一九九〇年代以降のことだろうか。水生もそうした作品を手がけており、会社組織と個人の関係を描いた〈社労士のヒナコ〉という連作もある（文藝春秋刊）。住まじき世に折り合いをつけていきる人々、特に女性を描くことに長けた作家なのだ。長尾葉月はいかにも水生作品らしい主人公だ。それが突如、ミステリー的な話の展開の中に巻き込まれていく。正確に言うと、自ら飛び込んでいく。

ええっ。

と、読者は驚くはずだ。ここでがっちり心を摑まれてしまうのである。駄目な元恋人に続いては、それに輪をかけて迷惑な相手が押しかけてくる。思わず、いーっ、となる読者は多いはずだ。いーっ、となりつつも、さっきのミステリー的な展開も気になる。葉月はいったいどうなるんだろうか。大丈夫なの、この人は。そんな気持ちになりながら、最後のページまで一気に読まされてしまう。一口で言えば醸成されたサスペンスにたまらない魅力があるのである。しかも最後に真相を知らされると、不審に感じていた状況の一つひとつにすべて意味があったことがわかり、納得せざるをえない。なるほど、だからなのか、と痛くなるくらい首を縦に振ってしまうはずだ。これこそミステリー短篇の醍醐味である。

予断を利用して驚きを与える、いわゆるミスリードの技法が実に効果的な形で用いられた短篇で、本格ミステリ作家クラブ編『ベスト本格ミステリ2018』(二〇一八年。講談社ノベルス)と日本推理作家協会編『ザ・ベストミステリーズ2018』(二〇一八年。講談社)という二つの年刊アンソロジーにも採られている。年間を代表する高水準のミステリー短篇の一つであったことは間違いない。本編が掲載された『小説推理』二〇一七年五月号には「あっと驚く「どんでん返し」三連発!」と題された小特集が組まれていた。他の掲載作の著者は天祢涼・大山誠一郎で、後に青柳碧人・岡崎琢磨・似鳥鶏の三作を加えて『新鮮THE どんでん返し』(二〇一七年。双葉文庫)として書籍化された。

どんでん返しはミステリーを評するときによく用いられる用語だが、厳密に言えば、最後に引っくり返すからその小説がおもしろいわけではない。突拍子もない落ちをつけるだけならどんな凡庸な作家にでも書ける。大事なのはその結末まで目隠しをさせたまま読者を引っ張ってくる語りの技術の方だ。読者が作者の意図を疑ってもみない状態にさせなければならないし、言うまでもなく途中で飽きてしまわれたら元も子もない。非常に難しいことに水生は挑み、成功している。お読みになった方は、物語の途中に気になって仕方がない文章がいくつか置かれていることに気づいたはずだ。あそこが道標で、目隠し状態の読者に、そこを触っていけば迷わないんですよ、と指し示すために配置されている。そうした語りまで含めて、どんでん返しの技法なのである。さらに本篇には、思わず脱力してしまうような、笑いを誘う場面まで準備してある。緊張と緩和の配分も理想的なのである。

一つひとつ解説していくと与えられた文字数ではとても収まりきらなくなるので、あとの各篇については簡単に概略だけ書いておく。「骨になったら」は葬儀場で亡妻の遺体が焼かれているのを待つ間に夫が回想を巡らせるという物語だ。この短篇の美点は、夫と亡くなった女性の間に、他人には共有できない二人だけの秘密があることで、何かあるらしい、といったんわかってしまうと読者は知りたくて仕方なくなる。次の「わずかばかりの犠牲」は、一時期オレオレ詐欺などと言われていた特殊詐欺の話で、主人公を加害者側の人間にしたことで話の魅力が増している。主人公の諒という大学生は主体性のない男だ。唯一の肉親である姉に負担をかけたくない、という消極的な理由から詐欺グループの仲間入りをしてしまうのである。この流される感じは、善悪の区別や事の軽重を自分で判断できない現代人のありようを見事に表している。あまりにも浮き草すぎて、彼はさらなる厄介事に巻き込まれるのである。物語を動かしたかったら、主人公の立場は不安定に。これはスリラー執筆の基本中の基本だ。

続く「監督不行き届き」は、冒頭の場面からして抜群にいい。主人公の加藤満智を若い女が訪ねてくる。満智の夫を「佑ちゃん」となれなれしく呼び、あたしの婚約者だから別れてください、と図々しく言い放つのである。正妻が浮気相手から詰め寄られるという逆転の構図で、もちろんこれは夫がすべて悪いのである。駄目夫のために無用な面倒に巻き込まれた女性の苦労譚であり、主人公に同情しながら読んでいると、意外な方向から三角関係の話が犯罪譚に化けることになる。本篇も含めて、闖入者が日常をかき乱しにやってくるという展開がこの短篇集では何度か用いられている。読者の視線を主人公と同化させ、そんな目にあったらたまらない、という共感を引き起こすための仕掛けだろう。最後、唯一の書き下ろし作である「復讐は神に任せよ」は逆に、特殊な状況に自らを置いた女性が主人公だ。彼女の息子は無謀運転の車に撥ねられて死んだ。真相は隠蔽されたと信じる主人公は、関係者の人生につきまとい、真実を語るように求めるのである。本篇でもっとも素晴らしい技巧は偶然の要素の用い方で、主人公も含めて誰もがそれを忘却しているときに神の御業としかいいようがない瞬間が訪れる。苦い読後感がどこまでも残る一篇である。

読者がまったく予想していない瞬間に最大の驚きが訪れるという以外は、設定も主人公像も重なる部分がほとんどない。そういった作品を五つ集めた短篇集である。冒頭に書いたように、それぞれの作品が最初から最後までずっとおもしろいのはもちろんとして、一つとして似たところがないという点もいい。もう一度書くが、ミステリーの短篇シリーズの作品集としては、これほどお買い得な一冊はない。同一キャラクターを登場させないノンシリーズの作品集としては、青崎有吾『早朝始発の殺風景』（集英社）と矢樹純『夫の骨』（祥伝社文庫）、そして本書が二〇一九年度のベストであったと思う。作家の代表作と言うべき一冊だ。本書刊行後の二〇二一年に、同趣向のノンシリーズ短篇集『あなたが選ぶ結末は』（双葉社）が刊行されており、こちらもなかなか粒揃いで楽しめる。本書が気に入ったら、どうぞ。

正直に書くと、水生大海がこれほど短篇の巧い作家だとは、本書を読むまで私は気づいていなかった。第一回ばらのまち福山ミステリー文学新人賞優秀作を獲得したデビュー作『少女たちの羅針盤』（二〇〇九年。現・光文社文庫）が青春小説の性格を持った作品であり、以降もそうした印象が強かったこと。前述した〈社労士のヒナコ〉など魅力的な連作が多く、単発作品をあまり読む機会がなかったこと。いろいろとあるのだが、それらはすべて言い訳に過ぎず、完全に不明を恥じた次第である。水生大海の短篇を読むべきだ、と今は声を大にして言いたい。読みたい。だから書いてもらいたい。本書を読んだら誰もがそう思うはずだ。

■参考文献

『法律家のための科学捜査ガイド——その現状と限界』

平岡義博 著（法律文化社）

ほかにも新聞記事、ウェブサイト等を参考にさせていただきました。

■本作品は二〇一九年七月、小社より刊行されました。

双葉文庫

み-27-02

最後(さいご)のページをめくるまで

2022年6月19日　第1刷発行
2024年9月 2日　第16刷発行

【著者】
水生大海(みずきひろみ)

【発行者】
箕浦克史
【発行所】
株式会社双葉社
〒162-8540 東京都新宿区東五軒町3番28号
［電話］03-5261-4818（営業部）　03-5261-4831（編集部）
www.futabasha.co.jp（双葉社の書籍・コミックが買えます）
【印刷所】
大日本印刷株式会社
【製本所】
大日本印刷株式会社
【カバー印刷】
株式会社久栄社
【DTP】
株式会社ビーワークス

【フォーマット・デザイン】
日下潤一

ISBN978-4-575-52576-2 C0193
Printed in Japan